古典文獻研究輯刊

七 編

曾 永 義 主編

第 15 冊

劉克莊序跋文研究

游 坤 峰 著

國家圖書館出版品預行編目資料

劉克莊序跋文研究／游坤峰 著 — 初版 — 台北縣永和市：花
木蘭文化出版社，2013〔民 102〕
目 2+140 面；19×26 公分
（古典文學研究輯刊　七編；第 15 冊）
ISBN：978-986-322-104-3（精裝）
1.（宋）劉克莊 2. 序跋 3. 文學評論
820.8　　　　　　　　　　　　　　　　102001638

ISBN-978-986-322-104-3

古典文學研究輯刊
七　編　第十五冊　　　　　　　　ISBN：978-986-322-104-3

劉克莊序跋文研究

作　　　者　游坤峰
主　　　編　曾永義
總 編 輯　杜潔祥
出　　　版　花木蘭文化出版社
發 行 所　花木蘭文化出版社
發 行 人　高小娟
聯 絡 地 址　新北市永和區中正路五九五號七樓
　　　　　　電話：02-2923-1455 ／傳眞：02-2923-1452
網　　　址　http://www.huamulan.tw 信箱 sut81518@gmail.com
印　　　刷　普羅文化出版廣告事業
初　　　版　2013 年 3 月
定　　　價　七編 16 冊（精裝）新台幣 26,000 元

劉克莊序跋文研究

游坤峰　著

作者簡介

游坤峰，出生於彰化縣員林鎮，後遷居溪湖鎮。學歷經湖東國小、溪湖國中、彰化高中、中山大學、台北市立教育大學。役畢，曾任特戰部隊下士預財士。後知後覺教學志向，曾於海山高中教授國文，現已謀得正式教職於彰化縣二林工商，所謂「錢沒有很多，事少，離家算近」！主修中國文學，追求高深及專精的學識，多位教授循循善誘，於中國古今以往文學立下堅實基礎，其間更推廣通識教育，在博雅的課程中，更吸收了許多本科系以外的知識。其後進入台北市立教育大學中國語文學研究所，探索更高深的文學知識領域，由於對古典散文的熱愛，選擇與古文相關的研究範疇，並拜在師大教授王基倫老師的門下，費時三年完成《劉克莊序跋文研究》。

提　　要

　　本論文探討劉克莊序跋文的文學、書畫藝術觀點與寫作手法，並且聯繫南宋的文化現象，透過劉克莊序跋文中的評議與闡發，得以發現當時的文學與書畫藝術的時代趨勢，並藉此喚起學界對於南宋散文的重視。

　　序跋文擁有「知人論世」的特質，因此，本論文由劉克莊的家世背景與師友關係切入探討，試圖理解劉克莊的整體思維與學術理念，他雖然具備理學家的背景，然而在個人的哲學思想與文學觀點當中，卻擁有相當的兼容性，我們除了可以從中扣合序跋文內容的相應性之外，更可以知道他對於當時文學風氣的接受與改造。另外，透過釐清劉克莊入朝之後的仕宦生活，藉此得以推論出劉克莊大量創作序跋文原因與仕宦的顯榮有極大的關聯性。

　　劉克莊的文學與書畫藝術觀點在序跋文中有大量的論述，本文分析序跋文中對於駢文、古文以及詩歌的觀點，可以看出他在當時扮演了一個承先啟後的重要角色，他傳承了北宋以來的文學觀點，並在接受與批評的過程中，逐漸形構出較為多元的、包容的文學觀點，然而，這並非全然接受各種文學思維，他還是站在理學家的立場，認為文人當以「性情之正」，並且在文辭與內容之間取得平衡，這在南宋理學氛圍較重的環境之中，有過人的體會。而書畫藝術觀點代表著是劉克莊的美學文化，透過整理書畫相關的序跋文，可以得知宋代重視「意境」的欣賞觀點，更進一步可以看出劉克莊對於當時書畫家及作品的評論，實有助於書畫藝術史的佐證。另外，序跋文當中，對於書畫字帖真偽優劣的考辨，他經由大量作品的鑑定與鑑賞，發展出具有理論性質的論述，更有其在金石學上的意義價值。

　　透過序跋文在宋代的歷史發展概況，可以看出劉克莊序跋文在寫法上的傳承與創新。序跋文關涉人的寫法多樣化，對原著者的事蹟、德性或功勳的描摹；對親友的抒情感發或人生的感慨，無所不包。而關於文學、書畫作品等等，亦能夠以專業的角度，作出評價與論斷，大量的修辭法以及細膩客觀的考辨，賦予作品實質的價值，更透過序跋文而產生與原作者間的相互交流，共同提昇了當時的藝術水準。

　　由分析劉克莊的序跋文，可以得知他的文學和書畫藝術觀點對於南宋的影響，更能夠從中看出他的序跋文在文體流變當中的意義價值，並且希冀透過本文的研究，開啟學界對於南宋散文的重視。

致 謝 辭

　　非得要在子夜過後身體開始承受熬夜的苦楚之時，才有辦法重新溫習當時在與論文奮戰的情況，然而，這或許是對這本論文的最後一次熬夜，因此，才顯得更有意義。我得感謝我的家人，特別是父母，他們在沈重的經濟壓力之下，允許我從事學術研究，他們雖不懂得內容的優劣好壞，無論如何，這成就是屬於他們的。我得感謝我的指導教授王基倫老師，素未謀面便能收我為徒，並且苦口婆心的教導，他更在我生活無啥依靠之時，提供國科會的工讀機會，讓我減輕在生活上的壓力，他不僅充實了我的學識，同時也充實了我的生活。我得感謝口考委員謝佩芬老師、馮永敏老師，他們從我論文計畫發表直到論文口考，都十分用心地為我提供意見，並糾正錯誤，甚至提供資料。我得感謝許多老師們，我得感謝同學們，我得感謝我的學生們，我得感謝愛與仇的成員，我得感謝在我來到台北，那些讓我活下來也學到許多事的無形的、有形的人事物們。謝謝你們。

游坤峰 2010-07-26 於臺北

目次

第一章　緒　論

　　劉克莊（潛夫，後村居士 1187～1269）為多數文學史專著定位為詩人、詞人，更是南宋（1127～1279）江湖詩派的領袖人物，〔註1〕《四部備要》所收《後村大全集》共一百九十六卷；其中前四十八卷為詩歌，後一百四十八卷為散文作品，在南宋作家當中，詩歌的創作量僅次於陸游（1125～1210），但他的散文作品數量，也是南宋少見的多產作家。劉克莊的詩歌具有鎔鑄舊格、開創新意的卓越成就，〔註2〕對南宋詩壇有重要的影響，後世研究者對他的定位無可否認，但是，他一百四十八卷的散文作品歷來卻少有人評價，殊為可惜。本章旨在闡明劉克莊序跋文作品的研究價值意義，並確立研究方法

〔註1〕　各文學史專著對劉克莊的評價普遍相同：郭玉衡主編《中國古代文學史長編》（三）：「其代表作家是『四靈』、劉克莊、戴復古等人。其中劉克莊影響更大一些，江湖詩人常把他推為領袖。」孫望、常國武主編《宋代文學史》（下）：「在眾多的江湖詩人中，劉克莊是少數幾個比較顯達的『巨公』之一，當時即被看作是文壇宗主。」葉慶炳《中國文學史》（下）：「劉克莊則為江湖詩派之領袖。」袁行霈主編《中國文學史》第三卷：「劉克莊在江湖詩人中年壽最長，官位最高，成就也最大。他又喜歡提攜後進，故被許多江湖詩人視為領袖。」
〔註2〕　各研究專著對劉克莊的詩學成就，評價亦趨於一致：王明見《劉克莊與中國詩學》：「（詩）在風格學上，宋人以其豐富、明確、具體的風格理論，超越了前人單調、含混、籠統的風格意識；劉克莊又在全面兼容、合理軒輊、恰當適度上超越其他宋人。」王述堯《劉克莊與南宋後期文學研究》：「劉克莊詩歌的最大特色是兼容眾體、不拘一格，這種特色和他的集大成思想是相一致的。」王錫九《劉克莊詩學研究》：「從詩歌理論上來說，方回堅守江西詩派的體統，嚴羽則高倡盛唐和古詩，唯有劉克莊不主一家，不拘一格。」景紅錄《劉克莊詩歌研究》：「他的詩歌成就在一定的程度上超越了四靈和江湖詩人寒儉刻露、局狹浮淺的面貌，在藝術表現力和風格多樣化等方面取得了可貴的進步和成績。」

以及界定研究範圍，試圖分析並歸納出劉克莊序跋文中的文學價值、藝術價值以及文獻價值，藉此喚起學界對於南宋散文研究的重視。

一、劉克莊序跋文研究的價值性

南宋散文作爲一個繼承北宋（960～1126）散文進而定型與傳承的關鍵時代，在歷來的研究中未被重視，關注古典散文的研究者，重心多在北宋或明清兩代散文家，對於南宋散文的研究實有待開拓。筆者閱讀了幾位南宋文人的散文作品，深刻地認爲這些作品並不亞於北宋諸大家，其中所包含的文化意涵更是值得深究。因此，本文以南宋中後期文壇的代表人物——劉克莊，作爲研究對象，以他的序跋文爲基礎，由序跋文中的論述與寫作手法，結合南宋的文藝型態，探索南宋文人的文化生活，並重新發覺他的作品價值，藉著南宋的文化現象，確立劉克莊序跋文的價值性。

（一）劉克莊對南宋散文現況的繼承與改造

唐宋兩代經歷眾多作家創作的傳承與變革，傳統的詩和文已高度成熟、定型並趨於完美，王水照（1934～）更明確地指出：「此一時期的傳統文學已經達到了再造輝煌和藝術危機並存的境地，文學的重心已經開始往小說、戲曲轉向。」〔註3〕因此，南宋文人對於散文的掌握與改進，便以文章文法學及散文評點選集來凸顯屬於這個時代的特色。由散文創作本身的改造，似乎已經無法取得成就。南宋散文評點家不僅提出了趨向科學性的章法學基本理論，更於散文評點的選集中透露出個人的文學批評觀點，而透過當時各種文學觀點的詮釋，在文章評點或歷來的文章選輯上，即有不少的差異，這些差異或因師承、有融合、有兼備，不僅展現當時文學觀點的多元性與延伸性，更代表著散文此一文類，發展到最極致的地步。

理學極盛的南宋，在文學創作與義理之間的關係，也是值得關注的議題。此時散文的發展，有兩種現象：一是以道爲根本，提倡有德者即有文者之論；二是文章脫離內容而視爲純形式方面的寫作技藝。〔註4〕前者是理學盛行的必然趨勢，朱熹（1130～1200）、呂祖謙（1137～1181）、陸九淵（1139～1193）、陳亮（1143～1194）、葉適（1150～1223）等人，對於南宋理學的開拓，他們

〔註3〕 王水照主編：《宋代文學通論》（開封：河南大學出版社，1997 年 6 月），頁33。

〔註4〕 張毅：《宋代文學思想史》（北京：中華書局，2006 年 6 月三刷），頁212。

發為文章，即是以道為根基的主體思想，此一情況，對南宋整體的散文創作，造成重大的影響，不少理學家所撰寫的文章，往往缺乏了文學應有的美感韻致。而後者的情況則是：文章內容情感已經在北宋發展到最成熟的地步，文人僅能在前人的成就下努力，因此也難以突破。另外，許多文章選集的評點與編選，若非以宣揚理學為主，即是以科舉文章寫作的方法為目的，已趨於具備文章標準模式的發展方向了。

　　南宋文化對劉克莊影響極深，他不僅擁有理學的家世背景，並且具備深厚的史學素養，更是一位文學家及藝術鑑賞家，對於各種文類的創作，都有相當的成就，清代考據學家盧文弨（1717～1796）對劉克莊詩文即有相當好的評價，他曾說：「後村詩詞及各體文皆有法度，卓然為南宋一大作手。」〔註5〕足見劉克莊在文學上的表現意義，是有時代地位的，所謂「南宋一大作手」，可以推知他在當時超越其他文人作家的不僅只在數量上的，更在文章的品質上有過人之處。本文將針對劉克莊的序跋文作品，檢視他的文學價值，驗證他的時代地位。

（二）序跋文的表現與社會聯繫

　　劉克莊的散文創作，在數量上，在內容上都有相當價值。他師承理學、史學並兼具江湖文人氣息而成為一位文化的兼合體，大量的序跋文創作，後世皆予以正面的評價，《四庫全書總目提要》卷 163：「文體雅潔，較勝其詩，題跋諸篇，尤為獨擅。」〔註6〕歷來古文家亦不乏討論序跋文文體概念者，在《古文通論》「格意俱正」一節：「但為序跋文，其為體，固應精實、嚴潔，至其所以為文，應各視其性質之不同，而為之言。」〔註7〕劉克莊的序跋文，除了得到四庫館臣的高度讚賞外，更切合了古文家對於序跋文的主體概念。然而，近年來對於劉克莊的研究，卻只能引證為詩論或詩學的依據，或僅作為南宋史料的參照，雖然他的序跋文內涵豐厚的史料藝文知識，若僅將這些作品當作工具利用，而未能正視其內容的文化素養，實為可惜。本文除了將彰顯劉克莊序跋文的文化意蘊外，更欲證明此一文體的文學藝術價值。因此，劉克莊文章中所含涉的文化價值、藝術價值以及文學美感，都需要被重新發掘。

〔註5〕〔清〕盧文弨：《抱經堂文集》（北京：中華書局，2006 年 6 月二刷），頁 192。

〔註6〕〔清〕永瑢等編：《欽定四庫全書總目》（台北：藝文印書館，2004 年 10 月初版八刷），頁 3224。

〔註7〕馮書耕、金仞千：《古文通論》（台北：中華叢書編審委員會，1967 年 6 月），頁 709。

　　另外，劉克莊與南宋社會環境也有重要的關係。南宋中後期，理學獨尊，然而理宗朝（1225～1264）卻政局不安、社會情勢動盪、士人心態扭曲。劉克莊雖師承南宋理學家眞德秀（1178～1235），然不同一般理學家空言天理道性，並深惡這種言行不一的陋習。他個人的哲學思維，是即知即行的行動派，由幾篇劉克莊的記體文章，便可知悉。如：〈龍溪縣復平糴倉記〉記載李脩（？～？）至龍溪縣爲地方官，以勤儉修身，而恢復平糴倉之舉，更敘其三年官期任滿，仍心繫當地平糴倉能否延續，劉克莊此篇以一問一答的方式，呈現李脩仁民愛物的胸懷；〔註8〕又〈建寧府學重建明倫堂記〉讚揚姚瑤（？～？）重建明倫堂興學爲首要政事，並闡述依教育以化民的重要性；〔註9〕再如〈重脩太平陂記〉提及陂塘的修廢與農民田耕有莫大關係。〔註10〕諸篇記體文中不難發現，劉克莊無不是在獎掖地方官爲平民百姓生計、教育、防災等等問題，作最基礎的工作，這是他實踐式的理學觀。但是，深厚的理學思維並沒有箝制他文學藝術思想的發揮，在地方社會爲官的深入性，少了理學家的偏執，少了道學味，在撰寫序跋文這種文學性、藝術性兼具社會性的文章當中，必然會有更寬闊的發展空間。

　　劉克莊在多篇詩文序中評議當時的文章創作，多以較爲廣泛且開放性的評論方式，更主張內容思想與文章詞藻可以並存，如：〈王南卿集序〉、〈陳敬叟集序〉其中都以「不主一體」〔註11〕評論當時文人寫作的優點，這與林希逸（1193～？）對他的評價相仿：「文不主一家而兼備眾體。」〔註12〕此一文學觀點，也是影響他在南宋當時，能夠超脫出一般文人的關鍵所在。劉克莊具備了當代文化多元性與多義性，他的序跋文更代表個人對於當代文學、藝術的批評與價值觀。因此，本文著重的要點，即是在劉克莊的序跋文所闡發的文學與書畫藝術之間的相互關聯，透過此一關係，能夠發覺出南宋文化更

〔註8〕　〔宋〕劉克莊：《後村先生大全集》卷89（台北：臺灣商務印書館，1979年11月），頁761。

〔註9〕　〔宋〕劉克莊：《後村先生大全集》卷89（台北：臺灣商務印書館，1979年11月），頁761。

〔註10〕　〔宋〕劉克莊：《後村先生大全集》卷88（台北：臺灣商務印書館，1979年11月），頁751。

〔註11〕　兩篇序文皆有「不主一體」一語，評議文集作家，各收錄於《後村先生大全集》卷94，頁811、815。

〔註12〕　〔宋〕林希逸：《後村居士集·序》，收錄於《宋集珍本叢刊》（北京：線裝書局，2004年6月），頁403。

多元化的面貌，並對劉克莊的序跋文，甚至散文作品，進行文學性的批評與梳理，給予一個新的定位與評價。這是一個有趣的議題，也是一個值得探討且從未有人發覺過的問題。

二、劉克莊序跋文與南宋散文的研究意義

　　劉克莊生活在南宋中後期，後世對於這百年間研究，多數集中在詩、詞、理學或歷史文化層面的討論，針對散文的研究是缺乏的。因此，本文將重啟當時的文獻資料以及後世相關研究，藉此探究文學與文化之間關聯的意義性，並檢視散文作品本身的文學意義，以劉克莊的序跋文作爲切入媒介，進而開拓至社會、文學、藝術、文化風尚之間的交互作用，研究的意義目的，可分爲四點：

（一）南宋文化與文人間的聯繫意義

　　南宋文化的呈現以蘇杭一帶爲中心主體，在偏安而昇平的情況之下，文藝活動蓬勃的發展，所投射出來的文化與時人間的交互作用關係強烈。史書、筆記及各類文學作品中，屢屢記載南宋文化的卓越成就。身處此時的劉克莊，雖非居住在大都市，但所感染的文化氣息，對文學作品的表現，以及對書畫藝術方面的見解，足以使他在當時成爲人人欽佩的文學家和文藝鑑賞家。劉克莊在文藝方面傑出的成就，足見南宋文化與文人間交互關係，是值得討論並且繼續發掘的。另外，劉克莊與時人的交遊，也是影響寫作的重要因素，序跋文是一種半社交性質的文章，友人之間求序問答，或對前人後輩的題跋評論，與他廣泛又多層次的交友圈有極密切的關係。因此，釐清劉克莊的交遊狀況，必能更深入理解其序跋文的背景知識，更能在南宋文化與文人間的交互關係，提供更精確的佐證。

（二）劉克莊序跋文的文學與藝術理論價值

　　劉克莊序跋文的寫作繼承北宋歐陽脩、蘇軾、黃庭堅（1045～1105）而來，此三人的序跋文創作，不僅在題材上已經開拓至各種領域，更在內容結構上，達到該文學體裁「雙向成體」〔註13〕的高度表現。在後人的研究方面，研究者對於歐陽脩的《集古錄跋尾》以及蘇、黃序跋已有相當的成果，除了

〔註13〕顏崑陽：〈論「文類體裁」的「藝術性向」與「社會性向」及其「雙向成體」的關係〉，《清華學報》新35卷第2期（2005年12月），頁327。

發掘出他們的文學價值外，對於建構當時的文化體系，也有一定的價值意義。劉克莊作有大量的序跋文作品，他所展現的，不僅有獨到的文學見解，更具備金石、書畫方面的涵養，可說是南宋最優秀的藝術鑑賞家。本文透過分析劉克莊序跋文的內容，梳理他對於南宋當時文學以及書畫的個人見解與觀點，並藉此提出其序跋文中的藝術理論價值與文獻價值，扭轉南宋文人只愛作理學道德文章的偏頗見解。

（三）劉克莊序跋文的敘述架構與文體傳承

宋朝以後文體意識漸趨分明，各種文體規範在文人心中已有原則上的定見。序跋文由議論評介的正統形式，延伸至抒發個人生命情感，而劉克莊的序跋文即是在這文體轉化的態勢之下寫作，除了在內容上呈現豐富的文學與藝術涵養外，更具備序跋文本身的文學特色，其以主觀、機智以及深厚情感的表現手法，傳達各種文學、藝術的見解，這種表現方式正符應了文學作品審美批評的標準向度。劉克莊處於繼承北宋散文極大成就的時代環境，由歐、蘇、黃的序跋文創作，注入了新的寫作方法，經過劉克莊以大量的作品接續，進而開啟了明代小品文的卓越表現，他的序跋文本身的文學價值，除能獨立為一種文學作品欣賞，更具有當時散文發展的時代進步意義。

三、研究範圍的界定與研究方法

本文涉及單一作家與單一文體的概念，故必先釐清作家背景、作品版本與相關的文體概念，以確立研究思維與研究材料的正確性。另外，由作者本身出發的歷史研究法，和以作品本身美感為探討主題的純文學批評，都是本文將涉及的觀念。以下分述五點說明：

（一）由作者背景談起的歷史研究法

欲探討劉克莊序跋文與南宋當時的文藝關係，必須建構南宋當時政治和社會的外緣因素，如：時政與外患的盛衰關係、都市風雅的好尚、農村的經濟問題、理學的各家各派、文學風氣的氛圍遞嬗、繪畫藝術的技法變革等等，都是影響作家創作的原因。而劉克莊個人的家世背景、學養歷程、師友關係、宦途的起伏、文學派別的歸屬等等，也是影響創作的個人內在因素，故都在本文討論研究的範圍。序跋文的表現方式多樣，內容也深具文化涵養，因此，由作者本身出發的歷史研究法是不可或缺的。

（二）版本的採用與考訂

　　劉克莊的序跋文，有上海涵芬樓影印舊鈔本的《後村先生大全集》中所收的十八卷之外，張金吾、陸心源藏有從天一閣傳錄的《後村先生大全集》，亦收有序跋文十八卷。宋刻本的《後村居士集》中有四卷，明謝氏小草齋鈔本的《後村集》有十八卷。題跋文另有獨立收錄成編的，如：《叢書集成新編》所收錄的《後村題跋》四卷，末有毛晉跋文。《叢書集成續編》亦收有《後村先生題跋》十三卷，末有張鈞衡跋文。本論文主要採用商務印書館影印上海涵芬樓舊鈔本《四部叢刊正編》，並參酌曾棗莊、劉琳所主編《全宋文》，和王蓉貴、向以鮮校點的《後村先生大全集》，與眾多版本相互考校，在版本校訂的步驟及方法上，兼合比較各家劉克莊文集的版本，進而在文字的引用上，取得最佳、最接近於原典的版本，更力求在文字上有最忠於原作的樣貌呈現。

（三）關於文體的釐清

　　本文以序跋文為研究重心，因此文體的區別是首先必須釐清的概念。歷來討論有太多分歧或主觀性的用法，大陸學者錢倉水（1935～）《文體分類學》對於「文體」有多義概念，如：文章體裁、文章風格、兼指文章體裁和風格、文章結構以及文章修辭。〔註14〕從文體的樣貌以至內容的分化，是近來較兼采眾說的觀念。顏崑陽在〈論「文體」與「文類」的涵義及其關係〉以「辭典性涵義」、「一般概念性涵義」及在古代文體論述語境中的「理論性涵義」三種方法探析，得出「文體」一詞的普遍基本概念，他說：「諸多性質與功能類似的文章群，其自身所共具之有機結合『基模性形構』與『意象性形構』並加以範型化的樣態特徵。」〔註15〕本文所採用的「文體」一詞的概念，即以顏氏之主張為準。序跋文以散文的表現方式為主，而散文內部結構或型態，往往又具綜合性，因此，「破體」性的交叉、重複是不可能完全避免的。〔註16〕

　　唐宋至清代前期文學選集的序跋文概念，包含了所有以「序、敘、引、跋、書後、題後」為題名的文章，雖然序跋文章的寫作層面與時俱廣，但仍多歸於一類。清姚鼐（1731～1815）編《古文辭類纂》，於序跋文方面的分類，

〔註14〕錢倉水：《文體分類學》（南京・江蘇教育出版社，1992年7月），頁2。
〔註15〕顏崑陽：〈論「文體」與「文類」的涵義及其關係〉，《清華中文學報》第一期（2007年9月），頁43。
〔註16〕陳必祥：《古代散文文體概論》（台北：文史哲出版社，1997年10月初版三刷），頁33。

始有異於前人的見解，他將「贈序」由序跋文中脫離出來，闡明贈序一類雖然出於序文，但在文體的定位上已經獨樹一格，超脫出該文體原有的表現形式。而由「贈序」又延伸出來的「字說、字解」也是同樣的情況，具備贈序的性質，但已經遠離「序跋文」的規範模式。本文針對劉克莊的序跋文作研究，因此，所有詩文序、題跋一類文章，都在本文討論範圍，而已具備獨立文體性的贈序，以及由贈序發展出來的字解、字說，則因其篇數較少，且無文學體類及內容上的創發性，故不在本文討論範圍。

（四）作品本身的美感與價值意義

韋勒克（1903～1995）在《文學論》中給從事文學研究者一句警語，他說：「文學並不是社會學或政治的代替物，他具有自己的存在理由和目的。」〔註17〕倘若過度迷信南宋政治社會情況以及劉克莊的家世學養即代表他的作品全貌，那將會失去那些序跋文本身的美感與生命力。因此，本文將針對序跋文的內容作較科學性的分析，由內容大致的四個方向分類：1、說明文學作品著述、整理和刊刻的原由和旨趣。2、介紹作者和作品。3、評論和闡發作品。4、由評介的作品，發展出各種見解及抒發種種心境。〔註18〕由此四種序跋文的寫作基本原則，我們可以歸結出其表象價值。而除了釐清序跋文本身所具備的價值意義，另外，由序跋文的文字意涵，深入解讀劉克莊的心理個性，由眾多作品所匯聚成的模式，除了更能瞭解不同面向的劉克莊之外，更能代表序跋文抒情式的美感意義。

（五）探索文學流變的傳承價值

序跋文為散文中的一種文體，其文體演變是必須梳理的；而南宋的文學藝術作為一種歷史文化中的現象，序跋文與文學藝術的交涉也是必須重視的。無論序跋文本身抑或南宋的文藝現象，兩者都是不停變化且與時俱進的。文體初分之時，結構和內容必定是侷促而狹小的；文化初萌之時，種類和概念必定是粗陋的。劉克莊的時代，處在文體完熟和文化鼎盛的進程中，由分析考辨序跋文與文藝的關係，創作手法的延展與進步，對應後世的繼承意義，必定能夠在有所缺憾的南宋文學史上，有補足的效果。

〔註17〕 韋勒克、華倫著；王夢鷗、許國衡譯：《文學論——文學研究方法論》（台北：志文出版社，1996年11月再版），頁177。

〔註18〕 李喬：〈談序跋〉，《文史知識》1995年第12期（1995年12月），頁70。

四、研究成果與檢討

筆者蒐羅臺灣和中國大陸歷來對於劉克莊的研究，並以兩岸各自的研究成果分述爲二，試圖歸納兩者之間，對於劉克莊的過去的研究成就與現今的研究現況。

（一）臺灣對劉克莊的研究成果

臺灣幾位前輩學者關於劉克莊有數篇文章討論，1961 年孫克寬（1905～1993）：〈劉後村的家世與交遊（上）（下）──劉後村與晚宋政治之一〉針對劉克莊的生平及師友作了梳理，文末針對影響劉克莊仕途的江湖詩案評議，開啓了臺灣對於劉克莊的研究，另有〈晚宋詩人劉克莊補傳〉特色在文末對於劉克莊的詩、文作了一番簡短評價。而在〈晚宋政爭中之劉後村（上）（下）──劉後村與晚宋政治之一〉中，由理宗朝端平（1234～1236）〔註 19〕後談起，當時政局日益衰敗，劉克莊由地方官而至預聞家國朝政，孫克寬先生特意由當時三個朝廷重臣切入，梳理劉克莊與史嵩之（？～1256）、鄭清之（1176～1251）與賈似道（1213～1275）的交往，釐清劉克莊與晚宋的政治關係。孫克寬對於劉克莊的研究有創發之功，是筆者所能挖掘到在台灣研究劉克莊最早的相關論著，當時兩岸尚未有學術文化的交流，因此，孫氏能以較少的文獻資料，考證出劉克莊的大略生平、家世背景與交遊狀況，是十分能難可貴的，唯獨因參考資料，故較缺乏全面性且詳實的論述。

詩學方面，孫克寬〈劉後村詩學評述〉，首先論述晚宋詩風以及江湖詩派整體風格，進而切入劉克莊個人的詩學淵源及詩論，文末列舉數篇詩作以評議其優劣；而〈劉後村與四靈、江湖〉則以四靈詩派、江湖詩派與劉克莊間的關係爲討論重點，篇幅較短。黃啓方（1941～）於 1971 年亦有文章發表，其〈劉克莊的詩論〉，以劉克莊的生平、學術切入，再根據其詩作分析詩學和詩風，更以序跋文討論劉克莊的創作主張及批評態度，末節以劉克莊個人對於當時詩派及歷代詩人的評價，使讀者對於劉克莊的詩論有一較全面性的認識。孫氏與黃氏的論述集中在詩歌上的詮釋，或透過生平資料相互引證，對於創作量頗豐的劉克莊來說，作出了前所未有的整體性評介。然而，在詩學

〔註 19〕理宗朝爲西元 1225～1264，其間改元七次。由登基至退位分別爲寶慶（1225～1227）、紹定（1228～1233）、端平（1234～1236）、嘉熙（1237～1240）、淳祐（1241～1252）、寶祐（1253～1258）、開慶（1259）、景定（1260～1264）。參考魏勵編：《中國文史簡表匯編》（北京：商務印書館，2007 年 6 月），頁 90～91。

的觀點上，二人的觀點有所偏頗，僅認為劉克莊的江湖習氣濃厚，苦吟至極，忽略了他不同面相的作品成就。

近年來的單篇論文，2000 年林志達（？～）〈劉後村家世考〉：由劉克莊的一世祖考證起，至第八世劉克莊孫輩為止，引據時人或劉克莊撰寫之「墓誌銘」和「行狀」，並以「按語」敘述考證過程及引述資料，對於得知劉克莊家世背景，實有助益。雖然考究了劉克莊上下幾世的親人，然在論述上顯得較為簡略，可略知其親人姓名輩分，而無法了解其家學淵源的整體概況。2005 年盧雅惠（？～）〈劉克莊仕宦時期詞作探析〉：由劉克莊的生平及仕途經歷切入，再以不同時期的仕途遭遇論述，先是胸懷壯志到憂國憂民，當中亦有歌功頌德之作，最後體悟人生而有求退歸隱的風格出現，展現因人生經歷而有所差異的詞作表現，文末給予豪放雄邁卻又沈鬱傷痛的總體風格評價。盧氏運用生平結合詞作的論述，是一種貼切的詮釋的方法，能夠在生平與作品的相互關係取得共同的脈絡，但是，劉克莊的詞作並不能代表他生平的全部，或許當時的詩歌、古文所表述的，是另一種面向的思維情緒，後人認為其詞作刻意追隨辛棄疾，或許，這種詞風，即是他心目中的理想樣貌。

臺灣以劉克莊作為專家研究的學位論文有四本：1981 年李若純（？～）《劉後村文學批評研究》：由劉克莊家世生平切入，並對於詩、詞、文各予簡短評論，更闡述他文學思想的淵源。而在文學批評方面，則以「原理論」、「方法論」、「風格論」探討劉克莊的各種文學思想，另外，由歷代作家的批評、褒貶，得知劉克莊文學理論的好惡，最後以其批評論對於明清後世的影響作結。1983 年咸賢子（？～）《劉後村年譜及其詞研究》：以劉克莊年譜及詞作研究分為兩大部分，年譜以編年為綱，分「時事」與「生活」，探討劉克莊當年所處環境與個人事略，並加「按語」互為說明、考證。詞方面的研究，先以劉克莊各種型態的創作內容，分述其內容，再另闢一章分析其形式創作方法。1998 年楊淳雅（？～）《劉克莊詩學研究》：此篇論文由劉克莊家世、生平及交友狀況的內緣因素立論，接著分述南宋當時詩學環境與劉克莊的詩學淵源作為外因，而主要章節則由四個面向討論，分別為：詩的本質功能、創作質素、表現方式以及風格美學，由此四點得出劉克莊詩歌創作的過程在於個人實際的勤讀與消融，以及人格精神的涵養，最後以劉克莊實際之創作以及詩歌編選，作為闡述詩家詩文理論的實踐與傳承意義。2006 年盧雅惠（？～）《劉克莊詞研究》：其以劉克莊的時代背景、家世、生平為基礎，並著重

於個人詞學的理論，接著由劉克莊仕途的三個時期：仕宦時期、閒居時期以及致仕時期為主軸，企圖以各時期不同心靈感受，而窺視詞作的不同呈現面貌，末章給予劉克莊詞作的評價定位，並探討其對後世的影響作結。四本論文各有偏重的文體，論述的方式也各有特色，然而，較難掌握劉克莊整體的文學概念，以單一文體的討論，會有較大的局限性，特別是以詩歌或詞的單一論題，往往會偏執在某部分的文學觀念，縱使對他的生平多所論述，但仍有所缺憾。

（二）中國大陸對劉克莊研究成果

　　中國大陸對於劉克莊的討論較多，單篇論文數量繁多故不一　討論，其多半集中在詩、詞或劉克莊生平、家世研究，王述堯（1963～）曾在 2004 年發表〈劉克莊研究綜述〉，其分為生平和思想研究、詞作研究、詩和詩論研究及其他，共四方面，並網羅臺灣、大陸關於劉克莊的研究成果，作個別介紹與評價，更於文末提出劉克莊的散文及駢文乏人研究，實為缺憾。另外，以劉克莊為專家的學位論文亦多發行為專書，且多圍繞在生平、年譜及詩、詞研究，因此，大陸方面的研究成果，本文僅列舉專書為主。值得注意的是侯體健在 2008 年發表了〈國色老顏不相稱，今后村非昔后村——百年來劉克莊研究的得與失〉，這是一個綜述研究，對於掌握劉克莊研究的成果，起了整理與檢討的工夫。

　　中國以劉克莊為研究對象的專書有六本：1993 年程章燦（1963～）的《劉克莊年譜》：此年譜內容依編年分六大項，包括時事、事蹟、編年詩、編年詞、編年文、附考。由淳熙十四年（1187）劉克莊出生始，到祥興二年（1279）劉克莊卒後十年，共計九十三年，論述關於劉克莊的生平事蹟、相關的政治社會環境以及文學創作繫年等等，資料豐富，考察甚詳，是提供研究劉克莊各種層面的一部重要參考著作。雖然考證甚為仔細，各篇詩詞文章的收錄也極為豐碩，但仍有部分錯漏的情況，算是美中不足之處。

　　1995 年向以鮮（1963～）《超越江湖的詩人——後村研究》：此書分上下兩篇：上篇著重在劉克莊的交遊考，條舉出八十五位相關人物，可以說是劉克莊最完備的交遊考錄。下篇先由劉克莊的本體思維及學識素養談起，再論述其詩、詞的各種類別及特色，並給予作品孰優孰劣的的客觀評價。此書提供撰寫劉克莊生平事蹟以及交遊狀況的佐證資料，十分詳盡，向氏更以詩詞文章內容作為旁證，更可以看出此書的精細程度。

2004 年王明見（1959～）《劉克莊與中國詩學》：王明見將劉克莊的詩學觀分述爲十二個專題：詩品、人品、世教、禮教、美刺、美學、創作、鍛鍊、師法、創新、盛因及衰由。他認爲劉克莊的詩學觀，在這十二個專題中具有「思想」和「體系」上的集大成性，並將此十二個專題與詩學史上相同的專題作參照、闡釋，藉以凸顯劉克莊詩學的獨特性。此書主要著重在對詩歌的析論，王明見細究劉克莊每首詩歌，並從中綜合歸納，對於如此多產的作家而言，這種功夫是耗時且深刻的。而這些理論，對於理解劉克莊詩歌的樣貌及成就，實有裨益。

王錫九（1953～）在 2007 年 9 月出版的《劉克莊詩學研究》：首兩章論劉克莊對唐詩的接受與改造，並能脫出各種詩派的範限，進而提出自己的理論；三、四、五章針對宋詩作評議並引述劉克莊對當時詩壇的貢獻；第六章爲劉克莊的詞學觀；第七章到第十一章是以劉克莊詩歌內容特色爲主軸，分析其風雅觀、性情觀、「詩窮而後工」的闡揚、「融液眾作」的詩學觀以及「鍛鍊說」的寫作方法。本書對劉克莊的詩歌進行與時代聯繫的外緣研究，並深入詩歌的內容論述，王錫九分論內容及形式兩個面向，深刻地解讀了詩歌的總體意義價值。

王宇（？～）2007 年 10 月出版的《劉克莊與南宋學術》：此書以劉克莊與南宋學術的關係爲主軸，並以南宋學術環境下劉克莊的詩學爲主線，進行歷史敘述，梳理劉克莊學術思想與詩學批評的南宋學術淵源，並結合晚宋理學獨尊時，劉克莊的詩學衝突與歷史意義。此書由劉克莊的家學背景切入，以代表理學的艾軒學術、史學的鄭氏學術、儒文並重的莆田學術，作爲他的養成教育；接著再以成年後所師事交遊的程朱理學以及各學派的廣泛接觸爲討論重心，末章以劉克莊的「性情」詩學觀，對比眞德秀「世教民彝」的文學創作標準，本書不僅描繪出南宋學術的脈絡之外，更有文人與理學家間的調和與突破，此作有別於多數研究者以文學創作作爲研究主體的脈絡，王宇將劉克莊結合於南宋的學術文化，開啓了一個嶄新的研究方向。

2007 年 12 月景紅錄（1970～）《劉克莊詩學研究》：有感於劉克莊擁有大量詩作卻不爲人所知，其研究目的有意在探尋此一背後的根源及因素，因此，研究重點在劉克莊詩學思想以及詩歌創作所存在的問題和弊端的剖析上，由他的詩歌本體觀、詩人的主體論以及創作方法等方面，來揭示詩學思想根本的缺陷與不足，並找出導致這種觀念的思想根源與社會文化背景。此書分詩

學篇、詩歌篇及版本篇三部分：詩學篇以劉克莊的「情性說」、「主體論的道德化」、「詩內功夫」、「兼容的審美觀」以及「詩的本色論」五種主要的詩論特色分析評論。詩歌篇則以作品的內容與類型分析，討論創作時的缺陷與不足。版本篇主要以《南岳詩稿》、《後村居士集》、《後村居士大全集》、《後村集》及其他輯本，作版本上的考察，整理了劉克莊流傳版本的比較，提供了後人研究可靠且詳實的參考。

　　2008 年 2 月王述堯《劉克莊與南宋後期文學研究》：本書雖名以南宋後期文學研究，然而作者僅論述劉克莊的詩、詞以及詩論，並未提及散文的價值。本書在探討劉克莊的詩、詞與南宋文化的接合，由作品出發，敘述政治、社會、文化及師友的整體情況。末兩章以劉克莊的詞及詩論為研究主題，探討詞作的各種特色以及後世的接受意義；詩論方面則以劉克莊的詩歌和散文為論據，闡述他不同於當時的詩歌理論。雖名為劉克莊與南宋後期的文學，但實際上缺少了劉克莊在古文方面的理論，他的創作兼備各種文體，其寫作主張多少會在當時造成影響，這是本書所缺漏的地方。

　　兩岸對於劉克莊的研究已不算少數，且在詩歌、詞學理論多有發見，分別以不同切入觀點進行研究，對於年譜、生平的考據更是精詳，除了研究本身的價值之外，更提供後來的研究者作為參證的資料。然而，劉克莊的散文研究的確如同南宋散文的研究現況一般，仍然是一塊尚待開拓的園地。

第二章　劉克莊的家世交遊與仕宦經歷

劉克莊，字潛夫，號後村，莆田人（南宋時屬福建路興化軍莆田，今爲福建省莆田市）。以父蔭，官至龍圖閣直學士，曾入史館編修，著有《南嶽詩稿》、《後村集》、《後村居士集》，後合編爲《後村先生大全集》，另編有《唐宋詩稿選》。《宋史》無傳，後世對於劉克莊行實多得自林希逸〈宋修史侍讀工部尙書龍圖閣學士正議大夫致仕莆田縣開國伯食邑九百戶贈銀青光祿大夫後村先生劉公行狀〉〔註1〕以及洪天錫〈後村先生墓誌銘〉〔註2〕。其他方志人物資料，也多出於此。筆者以〈後村行狀〉、〈後村墓誌銘〉爲底本，參酌生平研究專著和期刊論文，再配合詩文作品的論述，將劉克莊的生平敘述、師友關係，與序跋文創作聯結起來，試圖凸顯生平事蹟對於序跋文研究的輔助性。

第一節　家世背景

劉克莊的家世對他有極深的影響，祖父劉夙、叔祖劉朔、父親劉彌正以及叔父劉彌邵，或有直接的接觸，或閱讀過他們的文章，或經由前輩講述的行誼，凡此種種，都建構出劉克莊的思想。關於劉夙和劉朔的生平行實，出於葉適（1150～1223）〔註3〕所撰〈著作正字二劉公墓誌銘〉，然而這篇墓誌

〔註1〕 〔宋〕林希逸：〈宋修史侍讀工部尚書龍圖閣學士正議大夫致仕莆田縣開國伯食邑九百戶贈銀青光祿大夫後村先生劉公行狀〉，收錄於《後村先生大全集》卷194，（台北：商務印書館，1979年11月上海涵芬樓影印顧氏賜硯堂本），頁1731～1740。以下簡稱〈後村行狀〉。
〔註2〕 〔宋〕洪天錫：〈後村先生墓誌銘〉，收錄於《後村先生大全集》卷195，頁1741。以下簡稱〈後村墓誌銘〉。
〔註3〕 葉適（1150～1223），字正則，學者稱水心先生，諡忠定。《宋史》卷434有傳。

多是二人綜合論述，較難分理出各自的評價，因此另外參考明朝萬曆三年所刊之《興化府志》，其〈儒林〉一類中，即載有劉夙和劉朔獨立的傳記，以此與墓誌銘資料參照，實有助於釐清二人之行實。父親劉彌正生平亦多由葉適〈故吏部侍郎劉公墓誌銘〉得知。叔父劉彌邵曾為劉克莊的老師，接觸也較多，〈祭文〉及〈墓誌銘〉皆是出於劉克莊之手，對他的影響甚深。本節將著重上述人物的介紹，特別是在政治理念、哲學思想以及文學觀點幾個面向，對劉克莊所造成的影響。

一、祖父劉夙（1124～1171）、叔祖劉朔（1127～1170）

劉夙，字賓之，官至著作佐郎，葉適在墓誌銘中以「著作」稱之。劉朔，字復之，與兄齊名，時人稱「二劉」。當劉夙為著作佐郎時，曾覿（1109～1180）〔註4〕、龍大淵（？）〔註5〕挾天子威勢，朝中無人敢言，只有他敢於直言極諫，以天下民生為重。輪對上言，更直言「群臣不以堯舜事陛下」，痛批朝臣多在阿諛皇帝喜好，不顧民瘼，並提出任用賢才分辨小人的具體方法。林光朝在劉夙逝世後給予極高度的評價：「賓之愛君，均於愛親，憂國過於憂身。古有遺直，今難其人其為，一時名賢所推重如此。」〔註6〕可見其憂國憂民、剛正不阿的政治理念。劉夙、劉朔兄弟二人皆師事林光朝，〔註7〕在理學的思維基礎下，十分重視氣節，葉適在〈著作正字二劉公墓誌銘〉提及：

> 其學本於師友，成於義理，輕爵祿而重出處，厚名聞而薄利勢。立朝能盡言，治民能盡力。居家以父母兄弟為心，而不私其德。鄉黨隱一州之患，若除其身之疾，其飭廉隅，定臧否，公是非，審予奪，皆可以暴之。〔註8〕

〔註4〕 曾覿（1109～1180），字純甫，號海野老農。《宋史》卷470有傳。

〔註5〕 龍大淵（？），與曾覿合傳，《宋史》卷470。

〔註6〕 〔明〕康大和等撰：《興化府志》〈儒林〉（台北市：漢學研究中心，1990年，明萬曆三年刊本，影印自日本內閣文庫），頁7。

〔註7〕 〔宋〕葉適：〈著作正字二劉公墓誌銘〉：「二公及舅，蓋師中書舍人林公，事之終身。林公，名光朝，莆人，所謂艾軒先生者也。」《水心文集》（台北：商務印書館，1979年11月上海涵芬樓影印烏程劉氏嘉業堂藏明黎諒刊）卷16，頁186。另外，林光朝師事陸子正，陸子正受學於尹焞，尹焞和楊時為二程門人，見王宇《劉克莊與南宋學術》（北京：中華書局，2007年10月），頁16。

〔註8〕 〔宋〕葉適：《水心文集·著作正字二劉公墓誌銘》卷16，頁186。

劉克莊從葉適的墓誌銘中看見兩位先人，再經由幾位居莆田時，教授他的老師口耳傳授先人遺風。我們比照劉克莊的哲學思想，為官態度，可以看出祖父輩對他的影響。孫克寬即指出：「艾軒學案列門人劉賓之先生夙，賓之家學劉退翁先生彌正，附弟彌邵，子克莊。可見劉氏為道學世家。」〔註9〕劉克莊的文集多次提及林光朝（1114～1178）〔註10〕、林亦之（？）〔註11〕、陳藻（？）〔註12〕三人傳承的學術思維與劉家之間的密切關係，可知劉氏一家的學術思想與艾軒學案的關係。由〈後村行狀〉的記載來印證其祖孫輩在文學上傳承的事實，文中云：「自大父著作正字，崢嶸艾軒之門，聲振乾淳間，已蔚然為文章家矣。」〔註13〕祖父輩都為文章家，那究竟傳承了哪一種文類呢？劉克莊品評四六的跋文中云：「『四六是吾家事。』著作公似歐、蘇，小麟臺公似楊、劉，然皆不獲用世。」〔註14〕著作公是祖父劉夙，小麟臺公為叔祖劉朔，劉克莊對於家族所擅長的文章，頗有自信。當然，從對祖父輩的肯定，也能夠窺得一個事實：即家族中的文學風尚，對劉克莊的個人創作與文學觀點中，必然起了作用。

二、父親劉彌正（1157～1213）

　　劉彌正，字退翁，其行實亦多由葉適〈故吏部侍郎劉公墓誌銘〉得知。劉彌正在任吏部侍郎時，曾主持朱熹（1130～1200）〔註15〕的諡議，而這篇諡議卻出自劉克莊的手筆，此舉不僅奠定劉克莊道學家世的繼承，更使他嶄露頭角，為當時大儒所稱善。我們再細讀劉彌正的墓誌銘，多是記錄仕宦的才能與功績，近世學者對劉彌正的考察也多在此。劉克莊與劉彌正的實際的

〔註9〕　孫克寬：〈晚宋詩人劉克莊補傳初稿〉，《東海學報》第三卷第一期（民國五十年六月），頁73～88。

〔註10〕林光朝（1114～1178），字謙之，號艾軒，諡文節。《宋史》卷433有傳。

〔註11〕林亦之（？），字學可，號月漁，一號網山，諡文介，為林光朝高弟，學者稱網山先生。《宋史》無傳，生平資料參考昌彼得主編《宋人傳記資料索引》（台北：鼎文書局，2001年6月），頁1380。

〔註12〕陳藻（？），字元潔，自號樂軒，林亦之弟子。生平資料參考《四庫全書總目提要》卷159。

〔註13〕〔宋〕林希逸：《後村先生大全集‧後村行狀》卷194，頁1732。

〔註14〕〔宋〕劉克莊：《後村先生大全集‧跋翀甫姪四友除授制》卷108，頁941。

〔註15〕朱熹（1130～1200），字元晦，一字仲晦，號晦庵，晚號晦翁，徽州婺源人。《宋史》卷429有傳。

接觸，要等到劉克莊十五歲時，劉彌正知臨川縣，一家大小隨之同往，直至劉克莊十八歲，劉彌正於朝中任職，劉克莊隨母親回到家鄉莆田，這三年多的時間，劉克莊接受父親的庭訓，雖然在他的詩文作品中很少提及父親，然而，就為官之道與敢言能諫這方面，絕對有父親的本色。葉適是如此評論劉彌正的：

> 公教在事內，故鄙事亦勉；志在事外，故雅道不廢。介而容物，故不知者不忌；密而與善，故知者依為重。登侍從淺其事，未著道未申也，然推其已行，可以信其未行；迹其不為，可以任其必為也。
> 有國者，未嘗不欲得善人之用；修而至於善者，未嘗不欲為世用。
> 然公之二父與弟，皆不及用，公將用矣，而不究。〔註16〕

不難看出祖父及父親對於政治的抱負與理念，是極為相似的，然而，這種遺風德行也能夠在〈後村行狀〉中發現，劉克莊所繼承的儒家的政治理念，在他的為官之道與操守德行上，有相當顯著的影響。

三、叔父劉彌邵（1165～1246）

劉彌邵，字壽翁，是劉克莊的叔父，在幼年時曾師事之。劉克莊十分仰慕叔父的為人，其一是劉彌邵治學專注且持之以恆的態度；二是他終生不仕的氣節。劉克莊為叔父所寫的〈祭文〉和〈墓誌銘〉也同時提及了這兩種人格特質，他說：「季父尤賢，審思明辨。近參朱、張，上泝鄒、袞。邃古以來，聖經賢傳，精粗融液，顛末貫穿。研尋微奧，點竄訛舛。自幼酷嗜，至耄靡倦。依山結茅，鄰不覿面。瘦筇登覽，深衣閒燕。」〔註17〕劉克莊受學於叔父，且瞻仰他的德行並深受感動。同樣是劉克莊一家相承的理學思想，劉彌邵表現的是另一方面的儒家思維，他避世卻不棄世，在鄉里培育後進，使得理學在莆田一帶得以延續。劉克莊受叔父影響甚大，一方面是理學思維；而另一方面，劉克莊在中年之後屢屢欲辭官歸隱的心志，想必有追隨叔父的精神意義在其中。

另外，在此必須闡明劉克莊家世的師承，以釐清其學術根源。劉夙和劉朔皆師事林光朝，林光朝受學於陸景端（？）〔註18〕，又曾與施庭先（？）〔註19〕

〔註16〕〔宋〕葉適：《水心文集·故吏部侍郎劉公墓誌銘》卷20，頁229。
〔註17〕〔宋〕劉克莊：《後村先生大全集·季父習靜祭文》卷138，頁1206。
〔註18〕陸景端（？），字子正，受學於尹焞。（〔明〕黃宗羲撰、〔清〕全祖望補《宋

交誼，談論道理。陸景端、施庭先都是二程的再傳弟子，因此，劉氏家學當屬於二程理學的脈絡。然而，林光朝的思想卻和程門弟子以及後來的朱熹有所不同，他有較爲博大寬容與樸素務實的理學特質；又特別重視「道」的日常實踐，並積極於仕進；在文學觀點方面，他更一反理學家攻訐詩文創作，強調必要的詞藻是不可偏廢的。〔註 20〕由此，在劉夙、劉朔乃至劉克莊的思想系統，已經有別於當時以二程爲宗的理學思維了。

　　還有一位對劉氏家族影響不小的思想家、文章家——葉適。葉適是劉夙的學生，又與劉彌正有往來，〔註 21〕劉克莊對這位父祖輩的朋友十分欽佩，他能超脫朱陸各執一隅的學術思維又能工於詩文創作，〔註 22〕特別是在詩文創作上，葉適力贊劉克莊的作品，亦對他有所啓發。在二程的家學背景並與葉適有密切關係的前提之下，當宋理宗大力拔擢理學家爲朝臣時，眞德秀提攜劉克莊，因而獲得重用，都不是難以理解的事了。〔註 23〕劉克莊的思維與文學觀不會偏頗或固侷在某家某派，相信與他多元的背景有相當的關係。

第二節　師友關係

　　本節所要討論的是劉克莊及其師友之間的關係，一位作家的整體背景除了個人的生平和家世之外，最重要的莫過於周遭的人物群體，在從師問學以及和朋友的往來之間，必然對於作家有一定的影響。本節將介紹劉克莊一生當中的老師，藉以得知他的各種學思歷程；並且列舉十三位在不同時期或不同層面與他來往的友人，希望從中獲取更多劉克莊的各種面貌。

　　　元學案・和靖學案》卷 27（台北：世界書局，1962 年 11 月），頁 586。）又
　　　《宋史》卷 433 林光朝傳中載：「聞吳中陸子正嘗從尹焞，因往從之游。」
〔註 19〕施庭先（？），受學於王蘋。（〔明〕黃宗羲撰、〔清〕全祖望補《宋元學案・
　　　震澤學案》卷 29，頁 608。）
〔註 20〕王宇：《劉克莊與南宋學術》，頁 18～37。
〔註 21〕葉適：「余童孺事二公，旣與彌正爲友。」（〔宋〕葉適：《水心文集・著作正
　　　字二劉公墓誌銘》卷 16，頁 188。）
〔註 22〕〈水心學案〉全祖望案語：「學術之會，總爲朱陸二派，而水心斷斷其間，遂
　　　稱鼎足。然水心工文，故弟子多流於辭章。」（〔明〕黃宗羲撰、〔清〕全祖望
　　　補《宋元學案・水心學案》卷 54，頁 985。）
〔註 23〕孫克寬：〈劉後村的家世與交遊上〉，《大陸雜誌》第十一期（民國五十年六月），
　　　頁 1～5。

一、劉克莊的業師

劉克莊童稚時期在家鄉莆田求學於鄉先生，到了四十歲問學於大儒眞德秀，一生中接受幾位學者前輩的教導，無論是學術思維或文學觀點，皆各有不同。因此，劉克莊個人所具備的思維風格，也呈現了多元的風貌。以下便依其業師的特質，分爲理學家及文章家二類，試圖說明這些人對劉克莊的影響。

（一）理學家

1、林成季（？）

林成季，[註24] 字井伯，莆田人，林光朝的侄子，曾受知於趙汝愚和朱熹，劉克莊幼年時期的老師。劉克莊〈跋趙忠定朱文公與林井伯帖〉描述：「一太學生未脫韋布，而隱然任世道之隆替，受諸老之付囑，可不謂賢矣哉！」[註25] 這篇雖是趙汝愚、朱熹寫給林成季的文章，然而劉克莊爲此篇文章作跋文，其內容卻著重在林成季與劉克莊之間的師友關係，並藉以表彰林成季的氣節與賢能，劉克莊對於這種以天下爲己任胸懷的老師，非常傾慕。

2、林簡子（？）

林簡子，[註26] 字綺伯，福清人，林亦之之子。[註27]《宋元學案補遺》中僅敘其姓字及劉克莊年少時曾師之，劉克莊〈城山三先生祠〉：「余不識三先生，而於艾軒累世通家也。於網山子綺伯，童子師也。」[註28] 不僅說明兩人有師從關係，也闡明了林光朝與劉克莊家族間的關聯。林亦之承繼林光朝之學，林簡子又承接其父之家學，故劉克莊師之，事實上也是林光朝一脈學術淵源。

[註24] 向以鮮《超越江湖的詩人——後村研究》中有「林成」一則，筆者考「張金吾本」及「賜硯堂本」之《後村先生大全集》皆作「林成季」，故《向本》當漏「季」字。

[註25] 〔宋〕劉克莊：〈跋趙忠定朱文公與林井伯帖〉《後村先生大全集》卷101，頁871。

[註26] 向以鮮《超越江湖的詩人——後村研究》中有「林簡」一則，筆者考「張金吾本」及「賜硯堂本」之《後村先生大全集》皆作「林簡子」，故《向本》當漏「子」字。

[註27] 據劉克莊《後村先生大全集》僅兩篇提及林綺伯與劉克莊的師友關係，未有其他相關論述。另考〔清〕王梓材、馮雲濠《宋元學案補遺·艾軒學案補遺》（台北：世界書局，2009年2月）卷18，頁354，有「林簡子」一則：係說明其爲福清人，林亦之子，然客死異鄉，並記載劉克莊少師之。

[註28] 〔宋〕劉克莊：《後村先生大全集·城山三先生祠記》卷90，頁774。

3、方澤儒（？）

方澤儒，生平無可考。《宋元學案補遺》載有「爲鄉先生，劉後村嘗從學受業。」〔註29〕劉克莊〈陳光仲常卿墓誌銘〉：「余爲童子時，與君及二兄，俱受學於鄉先生方澤儒。」〔註30〕可知劉克莊年幼時，受學鄉先生方澤儒，這篇墓誌銘還記載了一段話，說明了當時劉克莊的治學方向：「余時方抄誦歐魯、李泰伯、浹漈、湘鄉、二鄭、艾軒遺文，冥搜苦思，欲與方駕。」〔註31〕另外，方澤儒在《宋元學案補遺》中歸爲「艾軒學案」，〔註32〕因此，劉克莊所接受的啓蒙教育，與林光朝所傳承的脈絡，始終有相當的關係。

4、余　嶸（1162～1237）

余嶸，字景瞻，龍游人，余端禮（1135～1201）〔註33〕次子，官至寶謨閣學士，眞德秀十分敬重他。劉克莊〈龍學余尚書神道碑〉：「某甫冠，受教於公。」〔註34〕可知劉克莊受教余嶸的年紀大約在二十歲左右，時劉克莊在臨安爲國子監生，同樣是透過父親的關係，劉克莊得以與余嶸有深一層的情誼。余嶸屬水心學派，屬於南宋理學事功派，如此，劉克莊早期所接受的教育，除艾軒一門的淵源外，也有其他的理學派別。

5、眞德秀（1178～1235）

眞德秀，初字實夫，後改景元，又改希元，號西山，諡號文忠，浦城人。《宋史》卷437有傳。〈後村行狀〉：「西山還里，公以師事，自此學問益進。」〔註35〕他不僅啓發了劉克莊的學術思想，更對劉克莊中年後的宦途有關鍵性的影響。兩人相識甚早，嘉定元年，劉克莊還是國子監生時，已有門生座主之誼，之後常有詩文往來。理宗寶慶元年，眞德秀被劾歸莆田，劉克莊時知建陽縣，即往而師之，孫克寬〈劉後村的家世與交遊〉：「在建陽縣任內，在這裡得從理學名儒眞德秀，與理宗朝賢相游似遊，並列眞氏門牆，因爲和游似相往還，打開了淳祐間參與政治的門徑，也提高了在學術界的地位。」〔註36〕眞德秀的拔

〔註29〕〔清〕王梓材、馮雲濠《宋元學案補遺·艾軒學案補遺》卷18，頁356。
〔註30〕〔宋〕劉克莊：《後村先生大全集·陳光仲常卿墓誌銘》卷165，頁1461。
〔註31〕〔宋〕劉克莊：《後村先生大全集·陳光仲常卿墓誌銘》卷165，頁1462。
〔註32〕〔清〕王梓材、馮雲濠《宋元學案補遺》卷18，頁356。
〔註33〕余端禮（1135～1201），字處恭，諡忠肅，封魏國公。《宋史》卷398有傳。
〔註34〕〔宋〕劉克莊：《後村先生大全集·龍學余尚書神道碑》卷145，頁1272。
〔註35〕〔宋〕林希逸：《後村先生大全集·後村行狀》卷194，頁1732。
〔註36〕孫克寬：〈劉後村的家世與交遊下〉，《大陸雜誌》第十二期（民國五十年六月），

擢引薦，對於劉克莊是一個重大的轉捩點。眞德秀曾統轄閩地，劉克莊受邀入幕，後又助編《文章正宗》詩歌一類。而在眞德秀登朝之後，劉克莊又被荐爲樞椽，始與聞朝事。他與眞德秀的師誼，不僅在仕途上有更進一步的發展，在學術名望上也確立了一個重要的地位。

（二）文章家

1、劉　槩（？）

劉槩，字仲則，自號求己齋，卒諡文肅，莆田人。劉克莊〈劉尙書集序〉：「余幼受教於公。」〔註37〕劉槩與劉克莊父親劉彌正熟識，故託付年幼的劉克莊給劉槩教導。兩人最有關聯的資料，是劉克莊所撰〈劉尙書集序〉，此篇針對劉槩「文章」、「吏材」以及雙方家世的交誼闡發，特別是對劉槩的詩文有如此的評論：「語弟子者，皆忠信誠慤，訂公之文，命意主乎厚，非資鍥博薄者所能道；措語極其平，雖尙奇崛者無以加。」〔註38〕這裡要特別說明的是：「命意厚」可以詮釋爲注重文章的立意題旨；「措語平」是其文字樸實平易，然而在兼具內容題旨和樸實文字之後，卻能使「尙奇崛者無以加」，劉克莊對於劉槩詩文讚賞的論述觀點，可知他重視文章內容旨意以及偏好平易文字卻又不流於劣俗的文學觀點。另外，值得注意的是這種文學創作觀點，也存在於劉克莊的詩文當中。

2、方阜鳴（1156～1228）

方阜鳴，字子默，莆田人，及第時年已五十二。劉克莊〈方子默墓誌銘〉：「余壯而惰，君老而勤，可愧也夫。然受教四十餘年，情誼素篤。」〔註39〕他與劉克莊也是兩個世代的交情，劉彌正亦把劉克莊的學業託付給方阜鳴，在劉克莊向方阜鳴求學期間，曾經特別受到老師的器重，他說：「君於眾兒中顧余獨異。」〔註40〕由此，劉克莊對於方阜鳴知遇的感念是很深刻的。

二、好　友

關於劉克莊的交遊，大陸學者向以鮮在《超越江湖的詩人——後村研究》

頁 17～23。

〔註37〕〔宋〕劉克莊：《後村先生大全集·劉尙書集序》卷95，頁826。
〔註38〕〔宋〕劉克莊：《後村先生大全集·劉尙書集序》卷95，頁825。
〔註39〕〔宋〕劉克莊：《後村先生大全集·方子默墓誌銘》卷148，頁1300。
〔註40〕〔宋〕劉克莊：《後村先生大全集·方子默墓誌銘》卷148，頁1300。

一書中有豐富的資料，考證其交遊共計八十五人之多，然而，向以鮮的介紹是泛論人物生平，並沒有特殊的針對性，故本文將不再對此方面進行全面性的梳理。筆者所要採取的人物評述，是對於劉克莊的創作有直接影響性或關聯性，再進一步作較爲詳盡且有指涉性的陳述。本節所採列的對象都是劉克莊的摯友，或是能夠提供劉克莊書畫字帖作品的收藏家，並依其對劉克莊的影響分別論述。

（一）文學觀點相應和的友人

1、趙汝鐩（1172～1246）

趙汝鐩，字明翁，號野谷，袁州人。劉克莊〈刑部趙郎中墓誌銘〉：「余大病，起視筆硯如仇，聞公葬，作而曰：『公四十年故友也。銘公，非余而誰？』」〔註41〕兩人有四十年深厚的交情，即使是拖著病痛，也要爲趙汝鐩撰寫墓銘。另外，劉克莊在〈野谷集序〉〔註42〕和〈跋趙明翁詩稿〉〔註43〕內容則集中在詩歌的評價，其中「明翁詩兼眾體，而又徧行吳楚百粵之地，眼力既高，筆力益放。」〔註44〕更是劉克莊詩歌創作與批評的基礎理論。趙、劉二人交誼甚篤，不至於在序跋文中有應酬的文辭，因此，劉克莊爲好友所撰寫的序跋文，必然有一定的眞實與典範性。

2、趙　葵（1186～1266）

趙葵，字南仲，號信庵，一號庸齋，諡忠靖。出身於武臣世家，少即隨父兄征戰沙場，曾平定李全（？）〔註45〕之亂，知揚州，除江淮制置使，赴任各地皆有治績。《宋史》卷417有傳。劉克莊在中年之後與他交往，兩人的交情匪淺。趙葵曾師事鄭清之，且在文才與氣節上，爲劉克莊所仰慕。〈信庵詩序〉敘及當時名公巨卿皆以詩文爲小技故不作，而凸顯趙葵極力於詩歌創作上的獨特，劉克莊評其詩曰：「發曠懷雅量於翰墨，寓雄心英槩于杯酒。其訏謨定命則雅人之致，家庭唯諾則萬石之訓，結交氣義則河梁之作，望古慷慨則梁父之吟。至于陶寫性情，賞好風月，雖玉臺香奩諸人極力追琢者，不

〔註41〕　〔宋〕劉克莊：《後村先生大全集・刑部趙郎中墓誌銘》卷152，頁1335。
〔註42〕　〔宋〕劉克莊：《後村先生大全集・野谷集序》卷94，頁812。
〔註43〕　〔宋〕劉克莊：《後村先生大全集・跋趙明翁詩稿》卷100，頁865。
〔註44〕　〔宋〕劉克莊：《後村先生大全集・野谷集序》卷94，頁812。
〔註45〕　李全（？），北海人。元軍攻打青州時，乃降元，後求南歸，兵敗被誅。《宋史》卷476有傳。

能及也。」〔註46〕趙葵之詩重在抒發曠達的胸臆，並能以「情性」爲基調，此與劉克莊的詩論相契合，也不難看出劉克莊對趙葵的見重。

3、林希逸（1193～？）

林希逸，字肅翁，號鬳齋，又號竹溪，福清人。林希逸繼承艾軒一派學術，與劉克莊一家屬同一宗派，《後村大全集》詩歌作品中屢見二人唱和，且〈後村行狀〉及《後村居士集》的序文皆出於林希逸之手，足見兩人交誼之深。劉克莊在〈竹溪詩序〉及〈竹溪集序〉十分讚賞林希逸的詩文，評詩曰：「及乎得心應手也，簡者如蟲魚小篆之古，協者如韶鈞廣樂之奏，偶者如雄雌二劍之合。天下後世誦之，曰詩也，非經義策論之有韻者也。」〔註47〕其中「經義策論之有韻者」，是劉克莊極力指陳宋詩的弊端之一，林希逸能脫出於此，正合劉克莊的詩歌取向。此外，劉克莊又讚揚林希逸的各體文章，皆有精到之處：「達生則蒙叟，談空則無盡，藏妙巧于質素，寓高遠于切近，宜乎備眾體而爲作者之宗，殿諸老而提斯文之印者也。」〔註48〕此與劉克莊的文學理論更是契合，其中如「備眾體」一語，便常見於劉克莊的文學觀點中，兩人不僅在交情、學行上有密切之關聯，更在文學觀點上，表現出相合的理論。

（二）對其書畫觀點產生影響的友人

1、陳 宓（1171～1230）

陳宓，字師復，號復齋，莆田人，少登朱熹之門，及長，從朱門高弟黃榦（1152～1221）〔註49〕遊。《宋史》卷408有傳。劉克莊與陳宓相識甚早，初爲靖安主簿時即有序文相贈，而劉克莊與黃榦的交往亦密切，不難看出三人之間的相互關係。然本文所要強調的是陳宓的書法藝術成就，劉克莊的跋文中論及陳宓的書帖有三篇：〈跋卓君景福臨淳化集帖〉〔註50〕、〈跋復齋臨

〔註46〕 〔宋〕劉克莊：《後村先生大全集・信庵詩序》卷97，頁843。

〔註47〕 〔宋〕劉克莊：《後村先生大全集・竹溪詩序》卷94，頁814。

〔註48〕 〔宋〕劉克莊：《後村先生大全集・竹溪集序》卷96，頁832。此段文字誤刊刻於〈山名別集序〉卷96，頁829～830。《山名別集》是趙庚夫的詩作，非關林希逸，文中穿插林泳（林希逸子）彙其父之稿以示劉克莊，並評論其文，故此段文字當歸入〈竹溪集序〉。曾棗莊所編《全宋文》，頁132～133，有此發現。

〔註49〕 黃榦（1152～1221），字直卿，號勉齋，諡文肅，閩縣人，受業於朱熹。《宋史》卷430有傳。

〔註50〕 〔宋〕劉克莊：《後村先生大全集・跋卓君景福臨淳化集帖》卷101，頁873。

蘭亭帖〉〔註51〕、〈跋鄭南恩家陳復齋遺墨〉〔註52〕，三篇論述各有不同，然卻可聯屬爲陳宓書道技藝的主體：陳宓早以楷書著名，晚年行草猶妙，可追至二王，其由歐陽入，不拘執於此，更能脫出歐（557～641）〔註53〕、虞（558～638）〔註54〕、褚（596～659）〔註55〕、薛（649～713）〔註56〕而自爲一家。另外，在臨帖的工夫上，陳宓已能達到「意似」而非僅「貌似」之境。他的書道技巧也直接地影響了劉克莊品評其他書帖作品的標準。

　　2、方審權（1180～1264）

　　方審權，字立之，自號聽蛙翁，莆田人。他年壽頗高，在劉克莊晚年同輩親友漸逝之時，彼此便成爲年老心靈的慰藉。方審權一生未仕，儘管親友提攜，他皆視如糞土，如此氣節操守爲劉克莊所激賞。方審權《聽蛙詩集》的序文出自劉克莊之手，除了闡述方審權的詩歌源自胸中之氣，更以儒家思維自居，並且敘及與王邁三人平生往來唱和，感嘆好友已逝，寓予傷感。此外，劉克莊與方審權兩人間的文藝交流，更是值得關注。方審權祖輩與蔡襄（1012～1067）〔註57〕有姻親關係，因此，家中藏有不少北宋名家書畫字帖，劉克莊遍覽這些藝術作品，不僅提升了他個人的藝術鑑賞力，更能從書畫帖文內容，得到前輩遺風，使得劉克莊所闡述的文藝理論，有超越時代的意義價值。

　　3、方　采（1197～1256）

　　方采，一名君采，字采伯，號墨林居士，莆田人，是劉克莊的妹婿。早年隨伯父往來陳俊卿（1113～1186）〔註58〕、龔茂良（？～1178）〔註59〕二家，藉此得觀覽許多當朝文物字畫，因此，造就了他雅好收藏及鑑賞的能力。劉克莊在〈方采伯墓誌銘〉中，記載著方采在藝術收藏方面獨到之處：「君蕭散而博雅，于器，自先秦至歷代古物；于書，自南北金石至竹帛奇蹟；于畫，

〔註51〕〔宋〕劉克莊：《後村先生大全集・跋復齋臨蘭亭帖》卷104，頁906。

〔註52〕〔宋〕劉克莊：《後村先生大全集・跋鄭南恩家陳復齋遺墨》卷110，頁965。

〔註53〕歐陽詢（557～641），字信本，唐潭州臨湘人。《新唐書》卷198有傳。

〔註54〕虞世南（558～638），字伯施，唐越州餘姚人。《新唐書》卷102有傳。

〔註55〕褚遂良（596～659），字登善。《新唐書》卷105有傳。

〔註56〕薛稷（649～713），字嗣通，唐蒲州汾陰人。（《全唐文》卷275，頁2796）《太平廣記》敘其書學褚遂良。

〔註57〕蔡襄（1012～1067），字君謨，謚號忠惠，仙遊人。工於書法，詩文亦清遒粹美。《宋史》卷320有傳。

〔註58〕陳俊卿（1113～1186），字應求，莆田人。《宋史》卷383有傳。

〔註59〕龔茂良（？～1178），字實之，謚莊敏，興化軍人。《宋史》卷385有傳。

自顧陸至唐宋諸名手，皆究極端緒，監定品目，不差毫髮。他人藏者，率眞贋妍醜參半，君所蓄匜、洗、錞、罍、章草、行楷、丹青、絹素，物物精妙，皆可保惜。」〔註60〕這種對器物書畫收藏的喜好，也得到了劉克莊仲妹的支持：「夫購書畫，君脫簪珥以助，若此類，不勝書。」〔註61〕《後村大全集》卷103、104 二卷，都是爲方采所收藏的字帖書畫作跋語，囊括當朝宸翰及蘇、黃、米、蔡四大家的作品皆在其中，此二卷跋文，足以彰顯劉克莊對書畫藝術評論的價值趨向。

4、方 楷（？）

方楷，字敬則，號一軒。《後村大全集》中卷105 所有的跋文作品，皆是針對方楷收藏的書畫字帖而作，其中〈跋好一集錄〉〔註62〕述其酷嗜收藏書畫作品，已積至六百餘卷。劉克莊更在〈跋閣帖〉〔註63〕一篇中以長期考辨各帖眞僞的心得，提出四點證據，以期能「贋帖息而眞帖出」〔註64〕，在此，足見劉克莊在鑑賞書畫字帖作品上，已有一定的成就。

（三）與其同遭貶謫的友人

1、方信孺（1177～1222）

方信孺，字孚若，號好庵，自號紫帽山人，又號詩境，莆田人。《宋史》卷 395 有傳。劉克莊與方信孺爲同鄉好友，兩人時有往來，劉克莊爲其所撰寫的行狀中提及：「克莊少親公，晚受公薦，公退居，克莊亦奉祠，日相從於荒源斷澗之濱。歸自山嶺外，公已危惙，尙攬衣起坐相勞苦，因泣下數行，訣曰：『以後事累子。』」〔註65〕劉克莊受方信孺的知遇之恩，方信孺又託付後事給他，足見二人的情意深重。方信孺罷歸之後的生活，在劉克莊的〈跋孚若贈翁應叟歲寒三友圖〉中，記載著方信孺在沒有俸祿的情況下，仍好客款待，然而在錢財揮霍殆盡之後，他立刻見識到人情的冷暖。跋文不見品評之語，只敘述平生的交誼，劉克莊文中除在弔慰方信孺的逝去，更道出方、翁（？）〔註66〕、劉三人情誼。另一方面，劉克莊詩歌能離晚唐苦吟雕琢而

〔註60〕〔宋〕劉克莊：《後村先生大全集·方采伯墓誌銘》卷157，頁1383。
〔註61〕〔宋〕劉克莊：《後村先生大全集·方采伯墓誌銘》卷157，頁1383。
〔註62〕〔宋〕劉克莊：《後村先生大全集·跋好一集錄》卷105，頁914。
〔註63〕〔宋〕劉克莊：《後村先生大全集·跋閣帖》卷105，頁907。
〔註64〕〔宋〕劉克莊：《後村先生大全集·跋閣帖》卷105，頁907。
〔註65〕〔宋〕劉克莊：《後村先生大全集·寶謨寺丞詩境方公行狀》卷166，頁1477。
〔註66〕翁定（？），字應叟，別字安然，號瓜圃，建安人。生平資料參考《宋人傳記

趨於豪放瀟灑，除了有意追隨辛棄疾的風格之外，與方信孺凜然正氣、軒昂不羈的氣節熏染，加上兩人時有詩歌唱和，也有相當的影響。〔註67〕

2、方大琮（1183〜1247）

方大琮，字德潤，號鐵庵，又號壺山，諡號忠惠，爲劉克莊同鄉好友並有姻親關係。嘉熙元年，方大琮、王邁、劉克莊同被蔣峴劾罷，歸里後猶能相互吟詠勸勉，可見三人不僅氣味相投，更是平日的摯友。劉克莊〈方鐵庵祭文〉：「我既蓬飄，兄亦株連。兄我不舍，水涯山巔，村酒過牆，野荼共掘。」〔註68〕兩人罷歸之後，仍相惜相憐，有另一番風趣。然而，方大琮不喜作詩，這與劉克莊以詩歌著名，或無法契合。在劉克莊的〈鐵庵遺稿序〉謂方大琮的疏制奏論，簡勁而能切中時弊，其他諸文則「典麗精實，語妙天下」〔註69〕，當中僅有對散文的評論，未提及任何詩歌作品，但無法否定的是，方大琮在思想學問上，完全是朱熹的風度，〔註70〕因此在思維與文學觀點，與主張「兼備眾體」、「不主一體」劉克莊頗不相同。他對方大琮的評價，可以說是在不同學術思維基礎上的評論。

3、王邁（1184〜1248）

王邁，字實之，號臞軒，仙遊人。《宋史》卷423有傳。與劉克莊、方大琮爲同朝好友，在〈祭王實之少卿文〉中寫道：「劇談共燈，俊遊聯展。介以鐵菴，樂哉三益。」〔註71〕見三人交誼深厚。王邁是個直言敢諫的人，他的墓誌銘中記載了不少當時上疏的內容，就連眞德秀也直言王邁是「英氣多，和氣少」〔註72〕。劉克莊特別喜愛這種直爽且仁民愛物的性格，在兩篇以王邁爲對象的跋文中，皆提及平生的胸臆情操。另一方面，王邁的詩文作品亦爲劉克莊所稱許，在〈臞軒王少卿墓誌銘〉論其文風：「公學可以經世而毫芒未試，文可以華國而終老不售，胸奇腹憤一切發于窮居野處、逆旅行役之間，其抑揚頓挫，開闔變化，各有態度，不主一體。初若不抒思，徐考其機鍵密，首尾貫，音節諧，若他人嘔心肝、擢胃腎而成者，子昂、太白之

　　　　資料索引》，頁1975。
〔註67〕 王宇：《劉克莊與南宋學術》，頁98。
〔註68〕 〔宋〕劉克莊：《後村先生大全集・方鐵庵祭文》卷138，頁1209。
〔註69〕 〔宋〕劉克莊：《後村先生大全集・鐵庵遺稿序》卷95，頁825。
〔註70〕 王宇：《劉克莊與南宋學術》，頁101。
〔註71〕 〔宋〕劉克莊：《後村先生大全集・祭王實之少卿文》卷138，頁1210。
〔註72〕 〔宋〕劉克莊：《後村先生大全集・臞軒王少卿墓誌銘》卷152，頁1340。

流也。」〔註73〕由「不主一體」一語，可以發現與劉克莊文學理論的關聯性，足見王邁在文學創作上與劉克莊是屬同一趨向的。

（四）在道德思想上與其產生共鳴的友人

1、林公遇（1189～1246）

林公遇，字養正，號寒齋，福清人，是劉克莊妻兄。兩家關係十分密切，往來頻繁，因劉克莊的文名，妻家親友的墓誌銘、祭文，多數出自劉克莊之手。林公遇澹泊名利、不意仕進的氣節，特別為劉克莊所敬佩，在墓誌銘中更以陶潛（365～427）〔註74〕譽之，其云：「故先儒書二人之卒，於雄曰：『莽大夫』，於潛曰『晉處士』，豈非出者危而處者安，留者損而去者全歟！然則書曰『處士林君之墓』者，非惟君之素志，亦吾儒之家法也。」〔註75〕另外，林公遇的學行能「貫儒釋，兼朱陸」〔註76〕，擁有較為多元的思想面向，因此，劉克莊〈石塘閑話序〉即說：「善讀寒齋書者，更高著眼目。」〔註77〕

2、林同（？～1276）、林合（？）

林同，字子真，號空齋，福清人，為林公遇子。林合，字子常，為林同弟。兄弟二人與劉克莊的交情也很好，相互贈答的詩詞不少。《後村大全集》中共有六篇是針對兩兄弟而作：〈林同孝詩序〉記述兄弟二人的孝行。〔註78〕〈林同詩序〉略敘林同生平與劉克莊之交誼。〔註79〕〈閑話緒餘序〉評論林同孝思之文。〔註80〕〈勿失集序〉在針對林合文章評論。〔註81〕〈二林詩後序〉評議二人的詩歌。〔註82〕〈跋林合詩卷〉敘二人詩歌創作理論。〔註83〕〈再題林合詩〉在勸勉林合不需因父兄皆隱而放棄仕進。〔註84〕劉克莊是個

〔註73〕〔宋〕劉克莊：《後村先生大全集‧朧軒王少卿墓誌銘》卷152，頁1340。
〔註74〕陶潛（365～427），字淵明，一字元亮，私諡靖節，南朝尋陽柴桑人。《南史》卷75有傳。
〔註75〕〔宋〕劉克莊：《後村先生大全集‧林寒齋墓誌銘》卷151，頁1324。
〔註76〕〔宋〕劉克莊：《後村先生大全集‧林寒齋墓誌銘》卷151，頁1324。
〔註77〕〔宋〕劉克莊：《後村先生大全集‧石塘閑話序》卷94，頁814。
〔註78〕〔宋〕劉克莊：《後村先生大全集‧林同孝詩序》卷96，頁827。
〔註79〕〔宋〕劉克莊：《後村先生大全集‧林同詩序》卷96，頁831。
〔註80〕〔宋〕劉克莊：《後村先生大全集‧閑話緒餘序》卷98，頁849。
〔註81〕〔宋〕劉克莊：《後村先生大全集‧勿失集序》卷98，頁849。
〔註82〕〔宋〕劉克莊：《後村先生大全集‧二林詩後序》卷98，頁851。
〔註83〕〔宋〕劉克莊：《後村先生大全集‧跋林合詩卷》卷106，頁921。
〔註84〕〔宋〕劉克莊：《後村先生大全集‧再題林合詩》卷107，頁930。

極孝順的人，縱使朝廷予以高官厚祿，仍為侍奉母親而推辭。林同、林合兩兄弟的孝思，引起劉克莊的共鳴，故在序跋文中讚譽有加。

劉克莊的從師以及交遊，不僅對他的仕宦生活造成改變，以致能夠進入朝廷而名聞天下。不同理學支派的從師讓他的哲學思維不拘執於其一，不同族群的交遊更開拓了他的處世觀點，而有更多元的思考面向，促使他對人事物的批評，比之當時眾多的理學家更兼具包容性。另外，劉克莊一生中文學觀點的轉變與完熟，也多得之他的從師與交遊，他超脫晚唐、四靈風格，而能追隨陸游、楊萬里的氣概，使得他在當時別於詩風浮泛的江湖詩人。學者對劉克莊的研究專書更以「超越江湖的詩人」來命題，足見劉克莊在當時的特殊性，這些哲學思維和文學理論，在劉克莊的序跋文當中都可以發現，透過劉克莊從師與交遊的探討，將有助於本文更深入地解讀劉克莊序跋文的價值。

第三節　劉克莊的入朝之後的生活

劉克莊十五歲前待在家鄉莆田，與鄉里前輩交遊問學，後來，父親劉彌正知撫州臨川縣，劉克莊隨之前往。開禧元年，劉克莊十八歲，劉彌正轉赴臨安任官，他也開始了都市生活。〔註85〕隔年，劉克莊補國子監生，〔註86〕並結識鄭清之〔註87〕。後劉克莊屢試不第，遂放棄科舉。嘉定二年，以父親門蔭補將仕郎，隨即任靖安主簿，〔註88〕從此，開始了他的仕宦生涯。

劉克莊一生仕宦並不順遂，數次入朝卻屢不得意，四次在朝與聞政事，其中三次不到一年即被劾罷。南宋僅剩的半壁領土，他轉任各地，遊歷了偏東的地方，帶著複雜的心境接觸不同的人事物，轉化為個人的人世經歷以及

〔註85〕程章燦：《劉克莊年譜》（貴陽：貴州人民出版社，1993年2月），頁12～15，以下簡稱《程譜》。記載劉彌正生平較為詳細的資料，出自葉適〈故吏部侍郎劉公墓誌銘〉《水心文集》四部叢刊本卷二十，頁228～229。劉彌正的墓誌銘中並沒有記載他幾次任官的確切時間，只有歷數其官銜，程章燦先生考訂他開禧三年後，被調往潤州待職，故將他出知臨川再轉任臨安的時間姑繫於此。詳參見《程譜》。

〔註86〕〔宋〕劉克莊〈瓊州戶錄方君墓志銘〉記載：「開禧乙丑，余補國子生。」《後村先生大全集》卷161，頁1427。開禧乙丑，當時劉克莊十九歲。

〔註87〕鄭清之（1176～1251），字德源，初名燮，字文叔，號安晚。少從樓昉學，能文，樓鑰亟稱賞，曾二度為相。《宋史》卷414有傳。

〔註88〕〔宋〕林希逸〈後村行狀〉：「嘉定己巳，以郊恩奏補將仕郎，更今名，調靖安簿。」收錄於《後村先生大全集》卷194，頁1732。

生命感觸，而這些經歷與感觸，在文學作品上的表現往往會產生難以歸為一家的單純分類，在總卷數一百九十六卷的各種詩文作品中，即能夠發現相當的紛雜性。然而，此一特質正代表著序跋文內容的豐沛性以及多元性。

本節將論述劉克莊寫作序跋文時間的人生歷程。據《程譜》可繫出劉克莊序文最早的作品是〈陳敬叟集序〉〔註89〕，繫於宋理宗紹定六年（1233）；跋文最早的作品是〈跋真仁夫詩卷〉〔註90〕，繫於宋理宗端平元年（1234），此後作品依考證或依《後村大全集》的編排方式，皆應作於該年之後。序跋文繫出最早創作的兩篇作品，與劉克莊正式入朝為官的年代十分巧合，這代表著一個重大的意義，即是序跋文的寫作，除卻文體本身的發展意義之外，與劉克莊的宦途顯貴，有著密切的關係。因此，本節對於劉克莊的生平敘述，將由他入朝時期論起，並分成四個階段，各代表著每次入朝、罷歸以及退休到逝世的四個時期，藉由探討這四個階段的仕宦歷程與心境轉變，將可以看見他不同時期的創作面貌與背景。

一、第一次入朝：宋理宗端平元年甲午（1234）四十八歲

劉克莊該年春天先赴任吉州通判，在途中受命到臨安接受堂審。正好真德秀帥閩，故以劉克莊為機幕，任其為將作監簿兼帥司參議官。同年六月，真德秀入朝為戶部尚書，劉克莊遂奉母親之命回莆田。八月後赴京上任，除宗正簿。〔註91〕

劉克莊首次入朝為官，得到權相鄭清之與戶部尚書真德秀的提拔，正是可以施展抱負的時候，他開始與聞國事，屢次上書宋理宗，奏對論及任用賢才與抒困民生經濟等問題。在朝中與趙汝談（？～1237）〔註92〕、游似（？

〔註89〕據《後村先生大全集》編排，置於〈陳敬叟集序〉前的序文，僅有三篇是在本文討論範圍內，故不影響筆者立論的準確性。

〔註90〕據《後村先生大全集》編排，置於〈跋真仁夫詩卷〉前的跋文，有八篇在本文討論範圍內，然相較總篇數四百三十八篇的數量來說，不影響筆者立論的正確性。

〔註91〕此段文字參照：《程譜》，頁130～134。李國庭〈劉克莊年譜簡編〉收錄在《宋人年譜叢刊》第十一冊（成都：四川大學出版社，2003年1月），頁7572（後簡稱《李譜》）。〔宋〕林希逸〈後村行狀〉，頁1732～1733。

〔註92〕趙汝談（？～1237），字履常，號南塘。《宋史》記載：「汝談天資絕人，沈思高識，自少至老，無一日去書冊。」趙汝談時與劉克莊有文字往來，他逝世後，劉克莊有祭文弔之。《宋史》卷413有傳。

～1251）〔註93〕交誼甚深，時有詩文往來，由於他的交友圈，連帶影響劉克莊在政壇及文壇上的地位。另外，洪咨夔（1176～1236）〔註94〕遷中書舍人時，更以劉克莊自代，更可以看出他在朝中受當時權貴器重的程度。

　　序跋文從這個時期開始有作品產生，這顯然與劉克莊的知名度有相當的關係。然而，據《程譜》所繫這幾年的作品，集中在箚子、啟、表等公文書為多，特別值得注意的是「建物記」及「題名記」兩類作品，在比例上較為突出，但內容缺乏個人情感，是比較可惜的。或許是公事繁忙，也或許是推不掉的應酬，劉克莊將心力都放在政務上，因此，這個時期的作品，並沒有太傑出的成就。

二、第一次罷歸：宋理宗端平三年丙申（1236）五十歲

　　此年劉克莊有傳言將任職錫第表郎，魏了翁（1178～1237）〔註95〕與吳泳（？）〔註96〕懷疑他有排斥二人的意圖，遂以吳泳的弟弟吳昌裔（1183～1240）〔註97〕上書疏罷劉克莊。他被罷官之後，回到莆田主管玉局觀。隔年（嘉熙元年），劉克莊知任袁州，頗有政績，該年五月，臨安都城發生大火，劉克莊、王邁（1184～1248）、方大琮（1183～1247）與潘牥（？）〔註98〕上奏濟王冤案未平，與此事有關，當時御史蔣峴（？）〔註99〕因此劾罷四人，劉、王、方三人俱歸莆田。〔註100〕

　　劉克莊在端平三年入朝任官，不到一年的朝中生活旋即又遭蔣峴劾罷，從端平三年（1236）直至淳祐六年（1246）將近十年的時間，劉克莊蟄伏鄉里或轉任各地，然江湖詩禍遺害仍在，使得登上朝廷效命的機會一再受阻。他的自況正如〈病後訪梅九絕其一〉所寫：「夢得因桃數左遷，長源為柳忤當權。幸然

〔註93〕游似（？～1251），字景仁，號克齋，又號果山。二人相識於端平初年，且劉克莊曾受提攜，交誼甚深。《宋史》卷417有傳。
〔註94〕洪咨夔（1176～1236），字舜俞，號平齋。《宋史》卷406有傳。
〔註95〕魏了翁（1178～1237），字華父，號鶴山。《宋史》卷437有傳。
〔註96〕吳泳（？），字叔永。《宋史》卷423有傳。
〔註97〕吳昌裔（1183～1240），字季永。《宋史》卷408有傳。
〔註98〕潘牥（？），字庭堅。《宋史》卷425有傳。
〔註99〕蔣峴（？），字伯見，號四勿先生。《宋史》無傳。生平可參考《宋人傳記資料索引》，頁3767。
〔註100〕此段生平資料參照《程譜》，頁151～162；《李譜》，頁7573～7575；〔宋〕林希逸〈後村行狀〉，頁1733～1734。

不識桃併柳，卻被梅花累十年。」〔註101〕劉克莊曾遭江湖詩案，受挫甚深，此次在京城一年餘，即遭罷歸，對劉克莊是另一次沈重的打擊，歸途賦詩，可以感受到他的感慨。再如〈出宿環碧〉：「逐客挑包水樹中，忽聞乾鵲噪東風。若非闉嶠安書至，即是襄州吉語通。」〔註102〕他以「逐客」自稱，感嘆人情冷暖，罷官的強烈感受即刻湧現。然而劉克莊的心志不會因為挫折而頹喪不已，他也能夠以豁達的態度面對貶謫之苦；〈魚梁〉：「淺溪忽漲尋常水，朽樹猶開千百花。有酒可沽魚可買，造門莫問是誰家。」〔註103〕雖然心中鬱悶未能盡釋，但也沒有疾聲悲切的呻吟之詞，反而想賞花、沽酒、買魚，或許他自覺能回歸田野山林是更契合心志的。轉任各地的宦途生活，更加開拓了劉克莊的眼界，從詩歌中也可以看到他心境的轉移，從被罷黜的不平，到閒適的生活情調，正好提供了劉克莊從事詩文評論及藝術鑑賞的態度。

三、第二次入朝：宋理宗淳祐六年丙午（1246）六十歲

　　宋理宗淳祐六年，劉克莊再度入朝，該年七月，由江東提刑離任，除太府少卿；八月中才到臨安，入對三劄指斥史嵩之（1189～1256）〔註104〕，後賜同進士出身，除秘書少監兼國史院編修官，實錄院檢討官，御史兼崇政殿說書；十月，除權中書舍人；十二月，再上奏史嵩之「無父、無君」十一條罪狀，希望皇帝撤銷史嵩之以原官職退休的成命，後來果然奪其任命，此舉為當時朝野稱賞不已。〔註105〕

　　劉克莊短短幾個月連升數官，但他不以前次貶謫為鑑，仍然展現秉筆直書的個性，以國家大事為己任的態度。無論是上奏彈劾貪官污吏，或〈進故事〉講任用賢才之道，劉克莊所撰寫的公文書，已為時人所稱頌，〈後村行狀〉中記載著：「在職七十餘日，草外制七十道，傳誦一時。」〔註106〕劉克莊當時任中書舍人，而中書舍人掌管了中書省的實際職權，必須擬定公文命令，〔註107〕因

〔註101〕〔宋〕劉克莊：《後村先生大全集‧病後訪梅九絕其一》卷10，頁89。
〔註102〕〔宋〕劉克莊：《後村先生大全集‧出宿環碧》卷10，頁94。
〔註103〕〔宋〕劉克莊：《後村先生大全集‧魚梁》卷10，頁94。
〔註104〕史嵩之（1189～1256），字子由，一字子申，史彌遠從子。《宋史》卷414有傳。
〔註105〕此段生平資料參照《程譜》，頁210～224；《李譜》，頁7581～7584；〔宋〕林希逸〈後村行狀〉，頁1734～1735。
〔註106〕〔宋〕林希逸：《後村先生大全集‧後村行狀》卷194，頁1736。
〔註107〕陳茂同：《中國歷代職官沿革史》（天津：百花文藝出版社，2005年1月），頁311。

此，劉克莊的章奏草制，能通行於當時，所撰寫的奏章旨令，更成爲當時寫作的典範。他此時的地位成就，不僅是官職上的顯赫，甚至在文章的名氣上，也聞於海內。

四、第二次罷歸：宋理宗淳祐六年丙午（1246）六十歲

淳祐六年十二月，御史章琰對於劉克莊奏審史嵩之頗不諒解，故以「貪榮去親，賣直欺君」的罪名彈劾劉克莊，事實上，這僅是立場對立的相互攻訐。當時士人學士多對史嵩之有不滿之詞，由此忠良分判立見，因爲，奏審史嵩之而遭劾罷，劉克莊也樂得以此顯示其風骨節操。

劉克莊在朝僅七十餘日，即遭侍御史章琰奏罷，歲末即離開京城。這次在朝期間雖短，但官職升遷快速，由太府少卿到中書舍人，可見理宗對他的器重，然而，侍御史章琰的彈劾，劉克莊再度罷歸，這雖是南宋黨爭的結果，但是，加上其弟劉克遜以及一些親友相繼過世，對他的精神生活無疑是一次相當重大的打擊。〈工部弟墓誌銘〉：「卒之三日，余以四去國。入門，遂不及見。烏虖！甘榮官之味寒，早退之盟，既無以振先君子奕世之緒，徒以遺太夫人高年之悲。無競之恨，闔棺未平，余之愧終身而不可至渝矣。」〔註108〕仕途的挫敗加上親人的逝去，他的內心遭受雙重的打擊，是一種進不得志，退不得意的處境。另外〈九日登辟支岩過丁元暉給事墓及仲弟新阡二首〉：「山無白額妨幽討，野有黃花且滿斟。莫恠徘徊侵暮色，老人能得幾登臨。」〔註109〕詩中表達出年華老大、髮鬢斑白，也表達出將不久於人世的感慨。但相對的，這個時期的作品也反映出劉克莊在山水田園之中，依然有投身報國、蓄勢待發的胸懷，由〈徐潭即事二首〉和〈自和徐潭二首〉可知，他說：「暮年已作飾巾客，它日那無掛劍賢。種樹萬株松千本，〔註110〕不憂千載不參天。」〔註111〕但他又「自唱山歌樵牧和，底須論學繼班揚。」〔註112〕即使生活在漁樵之間，仍然不忘涵養自身，以待時用。

〔註108〕〔宋〕劉克莊：《後村先生大全集・工部弟墓誌銘》卷153，頁1344。
〔註109〕〔宋〕劉克莊：《後村先生大全集・九日登辟支岩過丁元暉給事墓及仲弟新阡二首》卷16，頁143。
〔註110〕《四部叢刊》本作「種萬株松千本桂」，今依《愛日精廬》本改作「種樹萬株松千本」。
〔註111〕〔宋〕劉克莊：《後村先生大全集・徐潭即事二首》卷18，頁152。
〔註112〕〔宋〕劉克莊：《後村先生大全集・自和徐潭二首》卷18，頁152。

五、第三次入朝：宋理宗淳祐十一年辛亥（1251）六十五歲

淳祐十一年二月，劉克莊任秘書少監；四月，兼任太常少卿、直學士院；五月，再兼崇政殿說書；六月，兼史館同修撰，曾修《四朝國史》、《地理志》，未成而轉任他職；十月，除起居舍人；閏十月，再兼侍講，其間進講《周禮》。〔註113〕

劉克莊當年在朝有〈進故事〉數篇，他引據經史舊籍以向理宗闡明事理。如〈進故事辛亥九月二十日〉引述《長編》：「元祐初，以李常爲戶部尚書，鮮于侁爲京東漕。」〔註114〕先敘述元祐時司馬光拔擢李常、鮮于侁以救其弊，接著論述國家理財之道，他說：「取利太深，可行之商賈，不可行之朝廷。」〔註115〕闡發不與民爭利的道理，劉克莊由地方官吏入朝，轉任各地皆頗有政績，他能夠體會一般百姓的處境與實際需求。再如〈進故事辛亥七月初十日〉，旨在論述不應以外戚任朝廷之事；〈進故事閏月初一〉，闡述當學習東晉保守江南之法，以穩定偏安疆土。劉克莊在朝中屢次進言理宗，除能切中當時國家弊病，並且曾經上奏罷黜史宇之（1215～1293）〔註116〕除工部侍郎的任職命令，疏論史嵩之復起爲相的禍患，展現他一如以往峻切的諫言。

六、第三次罷歸：宋理宗淳祐十一年辛亥（1251）六十五歲

淳祐十一年閏十月，劉克莊遭鄭發（？）〔註117〕上疏，此次上疏雖未被理宗所接受，但仍轉職在鄉里莆田。另外，此年劉克莊在朝時與鄭清之失和，也對劉克莊造成急欲掛冠退休的影響。鄭清之對他有知遇之恩，然而，廢殺濟王，改立理宗一事，是史彌遠（1164～1233）〔註118〕與鄭清之兩人合謀，〔註119〕

〔註113〕此段生平資料參照《程譜》，頁 249～262；《李譜》，頁 7586～7588；〔宋〕林希逸〈後村行狀〉，頁 1736～1738。

〔註114〕〔宋〕劉克莊：《後村先生大全集・進故事辛亥九月二十日》卷86，頁738。

〔註115〕〔宋〕劉克莊：《後村先生大全集・進故事辛亥九月二十日》卷86，頁739。

〔註116〕史宇之（1215～1293），字子發，史彌遠次子。《宋史》無傳，生平資料參考《宋人傳記資料索引》，頁483。

〔註117〕鄭發（？），字致中。《宋史》無傳，生平資料參考《宋人傳記資料索引》，頁3663。

〔註118〕史彌遠（1164～1233），字同叔，謚忠獻。《宋史》卷414有傳。

〔註119〕《宋史》卷414鄭清之本傳中記載：「清之自與彌遠議廢濟王竑，立理宗，駸駸至宰輔，然端平之間，召用正人，清之之力也。」史家對鄭清之的評價毀譽參半，貶其廢殺濟王竑，而褒揚其在端平朝拔擢許多理學家，使當時士風趨於良善。

劉克莊屢次向理宗告誡濟王一案，又上乞召用吳燧（1200～1264）〔註120〕、潘凱（？）〔註121〕，此二人曾上請罷免鄭清之，此舉雖不是刻意與鄭清之作對，但因此種下了兩人失和的原因。另外，劉克莊又上疏指陳清議對鄭清之的不滿，鄭、劉遂因此有隙。

　　與鄭清之失和，且又遭鄭發上疏，劉克莊毅然回莆田任官，這次歸居莆田未嘗不是一件好事，他與鄭清之不睦，而鄭清之又是拔擢他的人，使得他在朝中處於一個難堪的情勢，況且年過耳順，身老力衰又遭逢痼疾，他曾六次上乞退休，皆不為理宗所允。待遭鄭發上疏，除職予郡，實頗暗合他的心意。然而，就在他返鄉途中，鄭清之病逝，縱使兩人在朝理念相異，但劉克莊對鄭清之的感念是很深刻的，〈鄭丞相祭文〉：「曩遭詩禍，幾置臺獄，公在瑣闥，力解當軸。端平爰立，擢太尉掾，思堂密詢，魁館燕見。嗟我於公，合非勢利，相賞文字，相勉道義。丙申之升，流落稍久，書來慰藉，期我無垢。」〔註122〕祭文當中，都在描述鄭清之對他的恩惠以及期許，無論是政事上還是文學方面，可以看出劉克莊與鄭清之間的嫌隙，或許隨著鄭清之的死去，也隨之消散。

　　劉克莊里居其間的作品，應酬性質的「和作」、「挽詩」頗多，但也有不少個人的生活實況、心情寫照的抒發，讓我們對於劉克莊晚期生活上的瞭解，可以獲得更多面向的詮釋。如：〈壬子九日與羣從子姪登烏石山用樊川韻〉：「垂髫登巘捷於飛，歲晚重來腳力微。一死一生羣從少，某丘某水幾人歸。即今秉燭遊清夜，自古無繩繫夕暉。莫憶宮門謝時服，海圖尚可補寒衣。」〔註123〕這首詩表達了劉克莊年老力衰的感受，周遭親友逐一逝去，過去的飛黃騰達似乎沒有多大意義，他認為應當把握時光，登山出遊藉以尋樂。然而，劉克莊從不是一個甘心寂寞的人，寫道：「欲上高樓瞻魏闕，亂山千疊暮雲濃。」（〈三喜雨呈張守又和六首其六〉）〔註124〕又如：「老退尚餘憂國念，朝來雲物果災祥。」（〈多

〔註120〕吳燧（1200～1264），字茂新，一字茂先，號警齋。《宋史》無傳，生平資料參考《宋人傳記資料索引》，頁1128。

〔註121〕潘凱（？），字南夫。《宋史》無傳，生平資料參考《宋人傳記資料索引》，頁3631。

〔註122〕〔宋〕劉克莊：《後村先生大全集‧鄭丞相祭文》卷138，頁1213。

〔註123〕〔宋〕劉克莊：《後村先生大全集‧壬子九日與羣從子姪登烏石山用樊川韻》卷18，頁156。

〔註124〕〔宋〕劉克莊：《後村先生大全集‧三喜雨呈張守又和六首其六》卷19，頁167。

至二首其二〉）〔註 125〕可以看出劉克莊擔憂君主身邊小人得志，對國家依舊有絕對的忠誠。此外，劉克莊也在詩作中對於農家的描繪有十分有意思，〈夏旱五首其五〉：「歲事還如此，畦間有穗麼？」〔註 126〕因久旱不雨，刻畫出農民心中的哀怨。接著〈喜雨五首其二〉：「五更初聽雨，千載後聞韶。」〔註 127〕在雨降下的時候，又可以看出他那種與民同樂的體驗。不料，雨量過多了，他又向上天說道：「昔憂腹不穀，今恐耳生禾。誰向衛公說，翻瓢莫太多。」（〈久雨五首其二〉）〔註 128〕另外，〈觀調發〉是別一種百姓的生活寫照：「路旁紛紛送者誰，相顧淚下如縆縻。妻牽郎衣留不得，兒抱爺頸猶可悲。」〔註 129〕描寫徵兵調發的離別場景，哀傷悽慘，一方面刻畫了百姓生活的無奈，另一方面則顯示了南宋連年用兵的窘況。在劉克莊的筆下，不論農事的情景或被迫徵兵的實記，他這種民胞物與，與一般百姓同憂同樂的個性，是他生活中的另一種寫照，也證明了劉克莊心中具有一種任真自得，又悲天憫人的性情。

七、第四次入朝：宋理宗景定元年庚申（1260）七十四歲

景定元年六月，劉克莊經賈似道（1213～1275）〔註 130〕荐引入朝，除秘書監；八月，除起居郎；九月，除兼權中書舍人；十一月，除權兵部侍郎、兼中書舍人、兼直學院士；十二月，兼史館同修撰，這年理宗兩次向劉克莊索閱文稿，他以尚未刪校為由婉拒。隔年三月，兼侍講，再次進講《周禮》；四月，以病辭中書舍人，但隨即又除兵部侍郎；八月，再兼中書舍人，此年進呈手錄淳祐十一年後詩文作品二十六卷，理宗賜書褒獎。景定三年三月，除權工部尚書兼侍讀；八月，理宗允其納祿，特除寶章閣直學士；九月，告老得歸。〔註 131〕

這是劉克莊最後一次入朝為官，也是最久的一次，雖然僅有兩年的時間，綜觀他一生的仕宦經歷，是最平步青雲的一次。但是，他年事已高，多次上乞

〔註 125〕〔宋〕劉克莊：《後村先生大全集‧冬至二首其二》卷 23，頁 197。

〔註 126〕〔宋〕劉克莊：《後村先生大全集‧夏旱五首其五》卷 27，頁 234。

〔註 127〕〔宋〕劉克莊：《後村先生大全集‧喜雨五首其二》卷 27，頁 235。

〔註 128〕〔宋〕劉克莊：《後村先生大全集‧久雨五首其二》卷 27，頁 235。

〔註 129〕〔宋〕劉克莊：《後村先生大全集‧觀調發》卷 29，頁 246。

〔註 130〕賈似道（1213～1275），字師憲，號秋壑，曾入朝為相，於理宗朝晚年和度宗朝握有大權。《宋史》卷 474 有傳。

〔註 131〕此段生平資料參照《程譜》，頁 316～345；《李譜》，頁 7592～7596；〔宋〕林希逸〈後村行狀〉，頁 1738～1739。

納錄，皆不被理宗接受，在詩歌當中，即可以看出他為政事勞苦的真實寫照，〈壬戌首春十九日鎖宿玉堂四絕其二〉：「衰颯禿翁垂八十，四更燭下做蠅 [註 132] 頭。」 [註 133] 又〈其四〉：「瓣香重發來生願，世世無為識字人。」 [註 134] 年事衰老卻仍在深夜為政事繁忙，並希望後世不要再度任官的。然而在結束公事的閒暇之餘，〈二月二十日再鎖宿四絕〉：「平明掣鎖無公事，閒看金魚嚃落花。」可以看「落花池魚」，暫時獲得閒適的樂趣。

八、致仕引年：宋理宗景定三年壬戌（1262）七十六歲

景定三年十月，劉克莊回到莆田，直到宋度宗咸淳五年逝世，都沒有再離開。景定四年，封莆田縣開國子，加食邑三百戶。景定五年，除煥章閣學士守本官致仕；十月，編成詩文舊稿，同月，宋理宗崩。度宗咸淳元年，轉正議大夫，然因年老目已偏盲，幸尚足以觀書。咸淳三年，罹患眼疾，遂至失明，此年再進封莆田縣開國伯，加食邑三百戶。咸淳四年五月，特除龍圖閣學士；同月，《後村詩話》新集編成。咸淳五年正月，因疾病逝世。 [註 135]

劉克莊屢次上乞納祿，終於得到理宗的應許，在景定三年告老歸鄉，此後直至過世，居鄉里前後約八年時間，其間仍不斷加封官銜，這是宋朝禮遇老臣的特殊待遇。他雖獲得官銜加冕，政治地位與文學聲望也隨之愈盛，但是，年老力衰又逐漸失明，加上親友一一凋零，劉克莊晚年的心緒往往是哀傷的。

劉克莊致仕後的應酬作品更多，因其文名，以詩歌相互贈答應和的人也更多，據《程譜》統計，劉克莊致仕後的作品共有十七卷，約一千六百多首詩，這八年不到的生命旅程，是他作詩比重最高的時期，其中題材內容包羅萬象，細如蚤、虱皆可入題，劉克莊晚年大量的創作，一來是想追隨陸游成為偉大詩人的腳步；二來欲排遣目盲體衰後哀多樂少的愁思。散文方面，創作了數量較多的序跋文、書啟、建物記、祭文以及墓誌銘，這些多半是應他人請託的作品，內容較為中規中矩。

〔註 132〕《四部叢刊》本作「繩」，今依《愛日精廬》本並參酌詞意，當改作「蠅」。
〔註 133〕〔宋〕劉克莊：《後村先生大全集・壬戌首春十九日鎖宿玉堂四絕其二》卷 32，頁 273。
〔註 134〕〔宋〕劉克莊：《後村先生大全集・壬戌首春十九日鎖宿玉堂四絕其四》卷 32，頁 273。
〔註 135〕此段生平資料參照《程譜》，頁 333～409；《李譜》，頁 7596～7600；〔宋〕林希逸〈後村行狀〉，頁 1739。

最後，他也從詩歌當中流露出最後一段人生歷程的心境與思維，〈遣興〉：
「晚慕玄眞與季眞〔註136〕，床頭金盡不憂貧。六如偈簡常持念，四勿箴佳最
切身。」〔註137〕釋、道思想在晚年的劉克莊身上刻鑿更深，或許是他一生中
以儒家理念憂國憂民後的一種沈澱，在歷經一生困頓，晚年獨活高歲，抑鬱
與憂愁的交雜之下，劉克莊終於反映出自己反璞歸眞的人生體驗。

劉克莊一生沒有十分順遂的宦途，雖然晚年得到理宗賞賜而躍升高位，
但終究已經不如年少時充滿志氣與抱負的雄心壯志。他因父親門蔭始涉入仕
宦生活，又得到鄭清之和眞德秀等人的拔擢，曾四度入朝爲官，展現了個人
的政治理念，在南宋偏安的局勢當中，雖然沒有舉足輕重的地位，但在朝中
的聲望已經獲得不少的肯定。值得注意的是他的詩文創作，除了在透露個人
的心境、思維之外，也得到了當權者以及南宋諸大家的認同，況且在屢次入
朝又屢遭罷黜的歷程中，他仍然擁有自己生命的美感。

劉克莊入朝爲官的榮顯與序跋文的創作有相輔相成的特質，官位愈顯，
序跋文的創作量也愈大，這種情況可以說明序跋文的一種特性：即求序、求
跋的人，會參考撰寫者的背景、官位或者知名度，藉以達到增加知名度或廣
爲流傳的效果。然而，劉克莊的序跋文是可以反映出相當的多異性，內容並
非一成不變的應酬文章。針對這些現象，將在往後專論序跋文內容與形式的
兩個章節中，再作更深入的探討。

〔註136〕「晚慕玄眞與季眞」之「慕」字，《四部叢刊》作「慕」，《愛日精廬》作「暮」，
　　　　今依詩旨當作「慕」；「季」字，《四部叢刊》本作「李」，今依《愛日精廬》
　　　　本及依其詩意當指賀知章，而賀知章字季眞，故改作「季」。
〔註137〕〔宋〕劉克莊：《後村先生大全集·遣興》卷43，頁361。

第三章　劉克莊的文學與書畫藝術觀

　　前章論述劉克莊的家世背景、師友關係以及幾經起落的仕宦歷程，透過這些創作序跋文重要因素的釐清與闡釋之後，本章將深入探討劉克莊的文學、藝術評論與對南宋的整體文化觀點。劉克莊擁有豐富的人生經驗，加上屢遭罷黜的孤老心境，在學養上融合理學又兼具江湖氣息的思維特質，配合類型多樣的師友群體，在瞭解整個背景因素之下，將有助於剖析劉克莊序跋文內容中的各種題材觀點與思維取向，並藉此更瞭解宋代文化的發展樣貌。

　　韋勒克《文學論》提及：「價值是從評價的歷史過程中產生，因而只有評價的歷史過程可以幫助我們瞭解價值。」〔註1〕劉克莊的序跋文具有大量的文學觀點評價與書畫藝術見解考證，從他為詩文集所撰寫的序文，或針對單篇詩文的序跋文，以及金石書畫作品的評論短跋，其中包括了對於文學、書法、繪畫、字帖考證等，博覽式的個人見解，除此之外，更旁及史學、經學、哲學乃至釋道二家的宗教觀，都有其一己之論。若從文獻保存的觀點來看劉克莊的序跋文，其內容呈現許多南宋甚或之前的文學與藝術資訊，檢閱這些訊息，我們得以窺見南宋文學與書畫藝術的面貌，以及他對宋代文人和前代文學觀點的評論；而金石書畫的考辨與評價，更是他觀覽大量的名帖名畫，而具備過人的鑑賞能力與藝術觀點的闡釋。本章的重心，將針對序跋文內容紛雜的各類學術知識，進行解析整理，並進一步檢視這些序跋文，是否在南宋當時具備其獨特性或優越性，最後賦予真確的文化價值。另外，透過這些序跋文，也表現出劉克莊對於當時文學觀點與藝術風氣的改造，更進一步地凸顯其序跋文在南宋當時的卓越性。

〔註1〕　〔美〕韋勒克、華倫著；王夢鷗、許國衡譯《文學論──文學研究方法論》，頁67。

第一節　文學觀點

本節將針對劉克莊的文學批評觀點進行析論，透過這些分析當中，可以窺見他對於當時作家及前人詩文特質或觀念的闡釋，更重要的，是他在文學觀點上所作出的建議與批評。闡述歷來作家作品的特質，是對南宋時文學觀點的呈現，而序跋中的評論便是對該模式的挑戰與改造，他根據不同文類不同文體分別撰述的序跋文，闡發出各文體文類互異的論點。也由於劉克莊關涉文學作品的序跋，往往根據不同文體而論，因此本節將由各文體進行探討，分別為：駢文、散文以及詩歌。對其進行與南宋當時文學觀點的檢視與比較，在各種文體的不同見解當中，不僅可以看出劉克莊在各文類的文學批評之外，更可以得知他對當時文學風尚試圖改造的理念。

一、駢　文

駢文是與散文、韻文相對稱的概念，〔註2〕宋室南渡以來，駢文成為博學宏詞科中較為注重的文類，設置的目的是在訓練一批將來能為朝廷制作應用公文的詞臣，因此，大多數的南宋作家都工於駢文。南渡之初，駢文的寫作方式繼承了歐、蘇的筆法，特色在於能「運散入駢」且「多用長句」，對於較為制式化的駢文有相當改造之功，使其便於議論而靈活多姿。然而，在南宋中後期，駢文作家卻轉而追求細密工巧，風格趨於流麗妥帖，〔註3〕這個轉變在當時受到很多文學家、道學家的非議。劉克莊身處當時，深知這種漸趨形式化的駢文風尚，除了能點出南宋駢文的弊病，更以歷來駢文發展流變的深刻體會，提供了寫作的指導方針。

（一）對當時駢文的批評

葉適是南宋理學家兼文學家，他在〈宏詞〉一文論及：「自詞科之興，其最貴者四六之文，然其文最陋而無用；士大夫以對偶親切、用事精的相誇。」〔註4〕他對當時駢文和作家寫作心態頗有不滿，批評作家將氣力放在文句的工偶與典故上。劉克莊也意識到同樣的問題，他在〈宋希仁四六序〉說：

〔註2〕　陳必祥：《古代散文文體概論》，頁2，原文為：「我國古代的『散文』這一概念，是與韻文、駢文相對稱的概念。」散、韻、駢文依其文意，當可調換詞序。

〔註3〕　袁行霈主編，本卷由莫礪鋒編著：《中國文學史‧第三卷》（北京：高等教育出版社，2005年8月），頁165～166。

〔註4〕　〔宋〕葉適：《水心先生文集》，頁38～39。

　　余閱近人所作數十百家，新者崖異，熟者腐陳，淡者輕虛，深者僻
　　晦，或淳漓相淆雜，或首尾不貫屬，均爲四六之病。（《後村先生大
　　全集》卷 97，頁 840）

又在〈跋方汝玉行卷〉提出相似的看法：

　　四六家以書爲料，料少而徒恃才思，未免輕疎；料多而不善融化，
　　流爲重濁。（《後村先生大全集》卷 106，頁 922）

劉克莊認爲當時的駢文寫作，時有弊端：創新者顯得怪異，嫻熟者過於陳腐，
清淡者淪爲虛弱，深刻者卻流於隱晦，甚或在文章結構上通篇深淺相雜，頭
尾不相呼應，直指作家寫作駢文時的通病。而在用典方面過猶不及的現象更
常見，文家不善融化事典，文句看似刻意斧鑿，犯了「僻晦」、「重濁」的弊
病，運用典故便是在套公式，非但無法增強議論文章的說服力，更在文章上
造成晦澀的弊病。另一方面，劉克莊批判當時駢文也有「輕虛」、「輕疎」的
問題，作者全然任憑個人才思想像的寫作手法，如此，便也失去了駢文的典
雅性。然而，無論是用典過於刻意或毫無事典，這些批評正是南宋中後期駢
文寫作的實況。

（二）駢文特質的寫作觀點

　　劉克莊具有駢文的歷史觀，其將由上古至近世公文書的內容發展，對比
今昔在寫作駢文當下行文措辭的差別，藉此以表明他的駢文寫作觀點，在〈方
名父松竹梅三友除授四六後語〉中提及：

　　余謂唐虞命官，或一字，或數語而已。叔季王言太繁，而封拜大臣
　　告廷之辭尤繁，往往溢美，且純用儷語，欠古意。等而上之，又有
　　一種難題。漢魏以來，篡奪者必先加備物典冊，以改物之漸，志節
　　之士聞而洗耳，其踴躍操觚者皆出於文章鉅公、臺閣貴人之手。（《後
　　村先生大全集》卷 111，頁 973）

劉克莊認爲派官任命的公文在上古時代是簡約的，然而，經過漢代及魏晉時
期的演變，文章趨於典重繁儷，內容上更雜彙了溢美不實之詞，失去了公文
書重視實際功能的意義，也讓許多以名節爲重的朝臣官吏無法接受。雖然北
宋歐、蘇對歷來駢文作了相當的改造，融入古文樸實的特質於其中，然而在
南宋中期昇平之時，士大夫逐漸忘卻家國敗亡的陰影，又以追求精巧，雕琢
浮豔的寫作態度撰寫駢文，再度將駢文帶入文學發展即將窒死的狀態。劉克
莊有意扭轉當時的寫作風氣，因此，他必須提出師法的對象以及個人觀點，

在〈跋張天定四六〉即引述了理學家真德秀對於駢文的寫作觀點：

> 前輩作文必有師法。昔聞之西山先生曰：「某掌內制六年，每覺文思
> 遲滯即看東坡⋯⋯然就四六而論，常用西山之法，參取坡公，則益
> 雄渾變化而不可測矣。(《後村先生大全集》卷 106，頁 922)

劉克莊的老師真德秀以蘇軾的駢文為效法對象，真德秀雖是南宋當時重要的理學大家，但仍肯定蘇軾駢文的流利且富於變化，深刻地讚許不刻意堆砌故事而自然形成精妙巧對的寫作風格，在作家富有氣魄的筆勢之下，能充分展現出屬於自己的駢文特質。依此，我們可以得知劉克莊在序跋文中所論述的駢文的寫作原則，是本於北宋歐、蘇「以散入駢」的寫法。

（三）改進的方法

對於當時駢文文風的不滿，劉克莊進一步論述並提出改進之道，他認為駢文所應具備的特質是應該「脫陳出新」的，〈跋黃孝邁四六〉有云：

> 四六必有新意，必有警聯，新意謂不經人道者，警聯謂可膾炙人口
> 而不戟人喉舌者。(《後村先生大全集》卷 108，頁 938)

劉克莊認為好的駢文當有「新意」，文句當能「不戟人喉舌」；新意即是寫人所未寫，而要求凝鍊卻又不得使文句拗口，這必須具備文章寫作的高度藝術技巧。把握這種基礎觀念之後，他再根據駢文的寫作方法有更深入的要求，〈跋狖甫姪四友除授制〉論及：

> 余覽之曰：世皆以列於《楚辭》者為騷，殊不知荀卿之相，賈馬之
> 賦，韓之〈琴操〉，柳之〈招海賈〉、〈哀溺〉、〈乞巧〉諸篇，皆騷也。
> 同一脈絡，同一關鍵，而融液點化，千變萬態，無一字相犯，至此
> 而後可以言筆力。(《後村先生大全集》卷 108，頁 941)

又〈跋湯樊孫長短句又四六〉也提及：

> 四六家駕清談者輕虛，堆故事者重濁，諛辭傷直道，全句累正氣，
> 寧新毋陳，寧雅毋俗，寧壯浪毋卑弱。(《後村先生大全集》卷 99，
> 頁 854)

前篇敘及歷來文家在寫法上的共通性，並由批評進而提出改進，透過賈誼、司馬相如、韓愈、柳宗元等人之手，能夠鎔鑄於心，下筆為文則千變萬化，各有其別緻之處，可見劉克莊重在於融化變通。後篇闡明駢文在表現手法上，寧可雅致、壯闊，也不要落於俚俗、卑弱，顯得文章缺乏筆力氣勢，這明顯是當時駢文所急需改正的重要特質。因此，劉克莊所讚許的駢文作品，便擁

有一些特質，他在〈跋姚鏞縣尉文稿〉敘及：

> 四六尤高簡，縮廣就狹，刊陳出新，變俗趨雅，斲華返質，一字不
> 可增損，半句之工、片辭之善，賢於他人千篇百首，天下之名作也。
> （《後村先生大全集》卷 99，頁 854）

這是劉克莊評論姚鏞駢文的一段話，暫且不論他對姚鏞的作品是否多爲溢美之辭，劉克莊評論的觀點，是針對駢文弊病所欲改正的要求，他由近世駢文的弊病談起，推源上古時代制策簡樸高雅，漢魏時期典重而繁，至北宋駢文歷經變造而推陳出新，靈活多姿，並略舉前人值得效法之處，最後確立爲個人批評觀點，提出優劣之別，賦予了當時駢文重要的啓示作用。

　　南宋文人重視駢文寫作，劉克莊更以此爲家族的優秀傳統，各朝的科舉時文會影響士大夫的寫作趨向，南宋當時亦然，各作家的文集當中莫不收有駢文，然而劉克莊更進一步地追溯自己家族駢文寫作的傳承，在〈跋狎甫姪四友除授制〉他又提到：「杜公云：『詩是吾家事。』余亦云『四六是吾家事』，著作公似歐、蘇，小麟臺公似楊、劉，然皆不獲用世。」（《後村先生大全集》卷 108，頁 941）他將父祖輩與宋代文章大家相提並論，除了要彰顯前人文章的優秀傳統，更有意透露自己也想要見重於世的決心。劉克莊也如實地在寫作手法上開創出異於當時的格局，文史家論及劉克莊的駢文，紛紛提出他與當時名家李劉有別，其未沾染浮靡之風，體現高雅典重，淡雅清新之風格取向。〔註5〕

二、古　文

　　此一小節單就古文進行整體寫作觀點的討論。後世文史學家認爲劉克莊是以詩詞名世，但他的《大全集》中共計一百四十八卷的文章數量絕對是南宋屈指可數的大家，集中各種文類都有大量的創作，從正式公文的制誥典策到怡人情性的序跋書記，他在古文的內涵中展現了多元的文體風貌與文學觀點，這正是本小節所要探討的主題。筆者將從劉克莊的序跋文中，擷取出他的古文創作理念和批評觀點，透過對於傳統經典及先聖前賢的追慕仿效，以及兼具理學思想極盛與江湖習氣互擾的社會環境當中，劉克莊所繼承、改造以及調和的折衷思維，這種調整式的古文觀點，在南宋文壇必定有其代表性。以下，將分述劉克莊序跋文中對於古文寫作的幾點重要原則：

〔註5〕譚家健：《中國古代散文史稿》（重慶：重慶出版社，2006 年 1 月），頁 417。

（一）接續北宋歐陽脩、蘇軾的寫作風格

南宋的古文寫作觀點受歐、蘇的影響頗深，〔註6〕再加上黨禁解弛，一度被嚴禁的蘇文大爲流行，書坊及時刊行了《三蘇文粹》、《蘇門六君子文粹》；呂祖謙也編選了《呂氏家塾增注三蘇文選》和《宋文鑒》，體現了南宋文壇對北宋散文傳統的喜好與重視。〔註7〕因此，在劉克莊的序跋文中也經常可以發覺與北宋文人相似的古文寫作風格，或是作爲評議當時文家作品的批評觀點。

1、「詞達而已矣」的寫作觀點

蘇軾〈答謝民師書〉：

> 孔子曰：「言之不文，行之不遠。」又曰：「辭達而已矣！」夫言止於達意，疑若不文，是大不然。求物之妙，如繫風捕影，能使是物了然於心者，蓋千萬人而不一遇也，而況能使了然於口與手乎？是之謂辭達，辭至於能達，則文不可勝用矣。〔註8〕

蘇軾詮釋孔子對於文學作品表達意旨與文辭修飾之間的關聯性與相依性，他認爲事物的道理並不容易了然於心，更遑論以手、口作文表達，但作家若是能夠通暢並清楚地表達文章的意旨，那麼文辭的營構便能夠輕易掌握。蘇軾又強調「辭達」是需要依靠文辭進行說明的，但是並非刻意雕鏤文句而造成文章意旨的模糊及難以理解。北宋古文大家的寫作觀點，多要求能夠從簡鍊當中領略文章眞義，劉克莊評論南宋文人的序跋中，在理路上也遵循著相同的基礎，〈晚覺閑稿序〉中即提到：

> 夫子曰：「辭達而已矣。」翁其辭達者歟？韓子曰：「氣盛則言之短長與聲之高下者皆宜。」〔註9〕（《後村先生大全集》卷97，頁836）

又〈跋方汝一文卷〉云：

> 它雜文并古律詩若干篇，皆黜陳腐，崇古雅，自有一種氣骨，賤利

〔註6〕 閔澤平：《南宋理學家散文研究》（濟南：齊魯書舍，2006年12月），頁48。

〔註7〕 袁行霈，本卷由莫礪鋒編著：《中國文學史》第三卷（北京：高等教育出版社，2005年8月），頁163～164。

〔註8〕 〔宋〕蘇軾：《經進東坡文集事略》（台北：臺灣商務印書館，1979年11月），頁279。

〔註9〕 〔宋〕劉克莊：《後村先生大全集·晚覺閑稿序》卷97，頁836。題名原缺「閑」字，據曾棗莊、劉琳主編：《全宋文》（上海：上海辭書出版社，2006年8月）卷7569〈晚覺閑稿序〉註「一」補。

祿，貴名理，自有一種意味。……夫子曰：「辭達而已矣。」余觀今
昔之宗工鉅儒，其所論述大薦之郊廟，小刻之金石，皆辭達而聲和
者也。竊意達者如長江洪河，千曲萬折必會於海歟！和者如鈞天虞
廷，萬舞九奏必叶于律歟？（《後村先生大全集》卷 106，頁 918）

上述兩篇文章皆引用「辭達而已矣」一語，他更將「通達」這個概念擴充，以
「如長江洪河，千曲萬折必會於海歟」作爲比喻，認爲文章要能夠作到「通達」
的境地，方爲一篇優秀的作品，這也是在說明著寫作當下必須要能夠掌握文章
事理的基礎原則。由此可見，劉克莊在闡釋「達」字的涵義時，對於寫作的內
在思維與文辭以平易爲主的要求，與北宋文人的寫作趨向，是相當一致的。

2、義氣論

劉克莊也十分重視「文氣」的概念，在〈劉圻父詩序〉中即言：「文以氣
爲主。」（《後村先生大全集》卷 94，頁 809）這種「氣」並非作家個人的性
格態度，而是所謂文章的氣勢，我們可以從〈詩境集序〉所闡述的意義得知。
他說：

昔之評文者，曰：「文以氣爲主。」又曰：「氣盛則言之短長與聲之
高下者皆宜。」本朝評坡文者眾矣，往往稱其天才超軼、筆力浩大
而已。至我阜陵獨曰：「氣高天下，乃克爲之。」（《後村先生大全集》
卷 97，頁 841）

劉克莊引用宋孝宗對蘇軾的評論超越眾多文家的觀點，他認爲對文章中「氣」
的追求，是寫作文章的基礎，而蘇軾即是展現文章氣勢的重要依歸，因此更
呼應前人所謂「氣盛則言之短長與聲之高下者皆宜」的觀點，古文的創作，
若能夠掌握氣勢的涵養與運用，文章自然會波瀾壯闊，爲後世所青睞。綜合
幾個古文寫作觀點看來，劉克莊認爲在能夠「辭達」的同時，而使文辭「氣
盛」，自然會是優秀的作品。這一系列寫作觀點的探討，似乎是劉克莊有意承
襲北宋歐、蘇等古文家的文學特質，力求在自然流露的簡約文字中表達出作
家的眞情實感與文章氣勢。

3、「古淡平粹，意在言外」的觀點

劉克莊於〈跋王秘監合齋集〉中，更明白地提出幾種特質，作爲寫作古
文的指導原則：

義理至伊、洛，文字至永嘉，無餘蘊矣。止齋、水心諸名人之作，
皆以窮巧極麗擅天下，合齋之文獨古淡平粹，不待窮巧極麗亦擅天

下。自止齋、水心一輩人皆尊事之，猶袁、郭之稱黃、憲，嵇、阮
之服山濤也。蓋其言議風旨有在於文字之外者矣。(《後村先生大全
集》卷99，頁854〜855)

他認爲文章作到「古淡平粹」且能「意在言外」才是眞正優秀的作品，古樸、
淡泊、平實、精粹並在文字中含藏深意，幾種特質無不是歐、蘇一直強調的
行文觀點，歐陽脩由精心錘鍊中，求得自然平實的寫作風格；蘇軾將這種風
格發展至成熟，更進一步地擴展寫作題材、視野，使其思維與議論更加深入
而精闢。〔註10〕

南宋中後期的整體文風顯得較爲疲弱，這和當時科舉所採用的考試底本
有相當大的關係，周密《癸辛雜識‧太學文變》：「淳祐甲辰，徐霖以書學魁
南省，全尙性理，時競趨之，即可以釣致科第功名，自此非《四書》、《東西
銘》、《太極圖》、《通書》、《語錄》不復道矣。」〔註11〕劉克莊對於這種現象，
深刻地感受到古文文風日漸疲弊，他傾慕韓、歐古文運動的思想觀點，企圖
對於當時的文風提出改造方法，他在〈跋李耘子所藏其兄公晦詩評〉曾說：「昔
韓、歐二公病六朝五季文體卑弱，於是各爲一家之言以變之。」(《後村先生
大全集》卷99，頁855)因此，劉克莊序跋文中對於古文寫作的意義，是針
對南宋當時日漸敗壞的文學風氣，他不僅試圖援用先秦聖賢的文學觀，更吸
收了北宋以來古文家的創作觀點。在這個基礎之下，劉克莊對於當時理學學
風甚盛的文化環境，在文學方面也提出了調和與突破。

(二)對理學家古文寫作原則的調和與突破

劉克莊的家學基本上是繼承二程此一脈絡的，加上他早年得到葉適的讚
賞，中年師從眞德秀，並十分欣賞朱熹，在南宋理學思維濃厚的社會環境之
下，他沾染的理學氣息是很深刻的。然而，他被列爲江湖文人的代表人物，
在文學的觀點上卻與理學家有很大的衝突。其師眞德秀編著《文章正宗》，目
的在端正當時世俗風尙，曾託劉克莊編選詩歌一門，在劉克莊與眞德秀見解
歧異的狀況之下，即產生了許多編選意見上的不同。劉克莊在〈平湖集序〉
曾直言：

本朝五星聚奎，文治比漢唐尤盛。三百餘年間，斯文大節目也二：
歐陽公謂崑體盛而古道衰，至水心葉公則謂洛學興而文字壞。歐、

〔註10〕張毅：《宋代文學思想史》(北京：中華書局，2006年6月三刷)，頁54。
〔註11〕〔宋〕周密《癸辛雜識》(北京：中華書局，2004年11月)，頁65。

葉大宗師，其論如此。余謂崑體若少理致，然東封、西祀，粉飾太平之典；恐非穆修、柳開輩所長；伊洛若欠華藻，然《通書》、《西銘》，遂與六經並行，亦恐黃、秦、晁、張諸人所未嘗講。(《後村先生大全集》卷98，頁845)

他很明白點出了西崑體過度重視辭藻而忽略文章內涵，以及洛學摒棄辭藻而專事性理的平板，這兩種情況便是文章所謂辭藻與內容兩種觀點追求的過猶不及。雖然，朱熹已經不同於二程對於文學藝術的全面抹殺，但視辭藻為支末和捨去人類撰作文章自然情性的理念，顯然與劉克莊的古文觀點有異，因此，他想在對立衝突之中，找到一個中心點。

　　朱熹走向「內聖」，是理學家對現實的反應，具有鮮明的政治意義，但江湖派則是帶有南宋時期庶民的文化色彩，他們內省型的心態使審美的挖掘達到前所未有的深度，而文化過熟帶來的唯美化、纖細化的傾向，也在江湖之文表現的比較明顯，他們受益於文化、創造文化也受文化內在趨勢左右，沉湎於藝術而疏於關懷天下，得文化之精也限於其微。〔註12〕這同時也是劉克莊個人觀點的另一種思維面向，江湖文人與在朝為官的士大夫著眼角度不同，因此，從事詩文創作的思想內涵當然有所差別，心牽社稷以及崇尚隱逸仍是南宋上層士大夫的主流態度；位居中下層的江湖文人品格則傾向卑弱，他們作品普遍缺乏胸懷天下和關切歷史的心態，〔註13〕雖是多數江湖文人的弊病，但同時也是劉克莊對於自己部分作品的貧乏有所改造省思之處，〈跋董樸發幹文稿〉提及：「其融液先儒同異，掊擊後學疑誤，透徹痛快，必達其意而後止。」(《後村先生大全集》卷109，頁948)他有意回溯理學的家學背景，試圖調和理學與文學之間過於偏頗的部分，另外，劉克莊更提出在道德上的修養工夫，在從事創作的時候，必須涵養於心的原則，他在〈跋母愐趙公與兄子書〉中直接引用趙母愐在書帖上內容：

公謂：「作文已是謬用其心，況於務博爭新，鏤詞鑱語，殆是敗德之具，不若以義理之書澆灌胸次。」又云：「且理會古人言行，如輕名利、薄軒冕等事，則不以搖其踏實地之腳。」(《後村先生大全集》卷111，頁971)

因此，在寫作之前的心性涵養也是不可少的，這代表著文學在創作的條件當

〔註12〕馬茂軍：《宋代散文史論》（北京：中華書局，2008年4月），頁242。
〔註13〕馬茂軍：《宋代散文史論》，頁242。

中，對作家個人的基本要求，是有一定的規範的。劉克莊有意在傳統古文與理學家思維兩者之間，作出折衷的調和，在樓昉的〈迂齋標注古文序〉提及：

> 迂齋標注者一百六十有八篇，千變萬態，不主一體……至迂齋則逐章逐句，原其意脉，發其秘藏，與天下後世共之。惟其學之博、心之平，故所采掇尊先秦而不陋漢、唐，尚歐、曾而並取伊洛，矯諸儒相反之論，萃歷代能言之作，可以掃去《萃》、《選》而與《文鑑》並行矣。（《後村先生大全集》卷 96，頁 827～828）

劉克莊認為樓昉選注古文的標準是有意識地在擷取眾家之長，並非以門派之見作為傳播思想的工具，這是南宋編著選集風氣盛行之下，較為進步的觀點，其收錄代表古樸與典雅的先秦，兼收重視辭藻與情感的漢唐；收錄代表古文藝術的歐陽脩與曾鞏，也選了反對文學創作的伊洛學派，樓昉將這些文章兼而並融之。當然，這種情況在南宋各學派之間也有一定的媒和關係，他們在論學論文上的爭辯，雖仍顯現出各自鮮明的個性，但卻也造成彼此相互吸納的趨勢。〔註 14〕他對於當時文風的弊病提出一個根本的問題，針對此一問題所做出的結論，便是劉克莊在文學與理學間所提出的調和，〈跋汪薦文卷〉云：

> 余覽近人之作，常恨其詞繁而意少。……豈非雖有此意而詞未足以發之歟，則修詞之功何可少哉！（《後村先生大全集》卷 101，頁 875）

總歸，撰作文章必須有「意」，並且要能達意，而欲達意，則有賴於文辭的修飾，二者不可偏廢。劉克莊出入理學各門派之間，又是個似儒非儒的文化綜合體，在他身上可以看出南宋理學文風的調和與突破，也有江湖文人對自己作品過於雕琢、苦吟的解放與轉變，無論是江湖文人的情致寫意與高度社會文化感染，或者身負理學背景與不甚穩定的政治生活，都使得劉克莊序跋文在文學觀點上，作出了調和並突破當時理學極盛導致文風疲弱的狀態。

（三）文體審美概念

中國文學在論述文體起源的概念，多是溯源於五經，〔註 15〕而隨著社會文化的發展，文體也隨之產生由簡至繁的趨勢，曹丕〈典論論文〉：「奏議宜雅，書論宜理，銘誄尚實，詩賦欲麗。」〔註 16〕魏晉南北朝已有文體分殊的

〔註14〕熊禮匯：《中國古代散文藝術史論》（武漢：湖北人民出版社，2005 年 6 月），頁 248～250。
〔註15〕曾棗莊：《宋代文學與宋代文化》（上海：上海人民出版社，2006 年 5 月），頁 6。
〔註16〕〔魏〕曹丕：《典論》（台北：世界書局，民 51 年 3 月），頁 1。

個別要求，不同場合、對象及情況之下所表現出來的形式也不相同，於是便形成各自的表達和批評方法。北宋時，文人對於文體的分殊以及用途已經有了一定的模式標準，並且爲了活化文學本身的生命力，更超越文類、文體間的藩籬，達到「破體爲文」的藝術效果。南宋繼承北宋的古文寫作模式，故在各文體的獨立發展上更有其鮮明的色彩，劉克莊具有清晰的文體概念，故在序跋文當中，他除了對散文整體的寫作觀點提出個人的看法，更在散文的各種文體的審美觀點中，給予各自的藝術準則。

　　劉克莊寫作書序時，會依各文體給予文章整體的評價，簡而不繁並且能夠準確地論述該文體的審美觀點，他在〈劉向書集序〉論及：

> 自本人對至歷館殿、給諫、万面，凡所建白，多者萬言，少者數語，皆條達懇切；自古律詩至駢儷、記序、誌狀之屬，皆典實嚴重；自朝廷大議論至交親小往復、出告吏民、入語子弟者，皆忠信誠愨。
>
> 訂公之文，命意主乎厚，非資鋟博薄者所能道；措語極其平，雖尚奇崛者無以加。（《後村先生大全集》卷95，頁825）

劉克莊評其奏制之文「條達懇切」；古律詩、駢文、記序、誌狀「典實嚴重」；策論書啓則「忠信誠愨」，每種文體都有其審美要求，或可以說是寫作標準，對寫作的態度基本上是嚴謹而懇切的，而在嚴謹與懇切的寫作模式下，文章便能顯得「達意」與「平實」，故劉克莊接著論述「命意主乎厚」、「措語極其平」，這兩種古文寫作標準，依舊是繼承著歐、蘇的「辭達而已矣」與「平易自然」的底蘊。他在〈竹溪集序〉中提及對好友林希逸的評論，也有相同的論點：

> 惟竹溪已顯融尤刻屬，聚古今菁英，窮翰墨變態，書不虞褚、吟不韋柳、文不昌黎艾軒不止也，故其斿廈之文精粹，典冊之文華潤，金石之文古雅，義理之文確訒，達生則蒙叟，談空則無盡，藏妙巧于質素，寓高遠于切近，宜乎備眾體而爲作者之宗，殿諸老而提斯文之印者也。〔註17〕（《後村先生大全集》卷96，頁832）

劉克莊將林希逸各文類文體的表現確立了典範標準，書、詩、文各有所追慕的前賢；古文一類，特別將韓愈和林光朝並論，這與劉克莊也受到韓愈的古文理論有關，同時也顯示出林光朝一脈至林希逸古文創作理念的傳承。接著，

〔註17〕〔宋〕劉克莊：《後村先生大全集·竹溪集序》卷96，頁832。據《全宋文》卷7568〈竹溪集序〉註〔二〕，原文從「遠山林」至「出處如此」誤收入〈山中別集序〉卷96，頁829，故依此移併。

進一步以文體評論：「旆廈之文、典冊之文、金石之文、義理之文」各有其特色，林希逸具備不同文體範式標準的實踐，更與曹丕、劉勰所析論的古文傳統觀點一致，故讚美他能兼備眾體而能為作者之宗。另外，他在〈平湖集序〉亦云：

> 至於表、牋、啓、記、序、銘、跋、古律詩，彙分旀列，臺閣之文溫潤，金石之作古雅，有似汪、綦者，有似蘇、曾者，有似《騷》、《選》者，有似唐風者，可謂無崑體之偏而得洛學之全矣。（《後村先生大全集》卷98，頁845）

劉克莊列敘各文類文體，將陳平湖的作品以文體學的觀點作出分別評論，以古文而言，劉克莊分別列出「表、牋、啓、記、序、銘、跋」等文體，這是他的文體意識，接著進一步讚賞陳平湖臺閣公文的「溫潤」，金石文章的「古雅」，這是他對於各文體達到優秀程度的要求，而作品類似汪、綦、蘇、曾等人或像〈離騷〉、《文選》或甚至與唐代的整體風格相似，雖是讚賞之語，固然也是在古文上所認定的表現方法。

特別值得提及的是，劉克莊在〈跋丘攀桂月林圖〉云：「夫題品泉石，模寫景物，惟實故切，惟切故奇。」（《後村先生大全集》卷102，頁833）對於繪畫的題詠文字，雖然不離「實」的觀點，但對於文章的筆法在重視實際描寫進而使文字能展現在描述事物時意想不到的效果，這是在「古文」基礎觀點上逐漸領略到的不同美感的面向。

文體的發展在南宋已經到了極盛的境界了，文類文體之間的互涉交流，在文學內部的寫作藝術手法上達到了高度的發展，而編選文章選集、評點本的風氣盛行，更透露出對文類文體外緣實用概念的成熟，因此，後世才催生出明代吳納、徐師曾等人論述各文類文體概念的專書。生在南宋的劉克莊，在序跋文中對於各文類文體的評論，不但可以展現他文學批評的見解之外，更可以證明他對文體的基礎定義和各文體的審美概念是十分清晰的。南宋古文較北宋略顯得遜色，明人茅坤所讚頌的八大家，其中宋代六人全在北宋，除了南宋當時一直沒有出現如歐陽脩、蘇軾等天才型的作家，又受制於理學思想的盛行，文學藝術皆被視為草芥末流。劉克莊在這種社會環境下成長，然而個人的家世與境遇讓他得以出入不同群體之間，文章與文學觀點也顯得較為多元且具有伸展性。在序跋文所代表的意義上，劉克莊繼承北宋優秀的古文發展脈絡，且與當時理學家的文學觀衝突，更進一步的是他能作出調和

與突破，在清晰的古文文體概念當中，又可以看出融合前人與當代的審美標準。他具備文學家的藝術觀點，又有理學家的入世精神，這是劉克莊在南宋當時文學相較於北宋處於沒落的時代，不同於他人且企圖營造的特質。

三、詩　歌

劉克莊作爲江湖詩人的代表人物，其詩作更多達近五千首，在他晚年之時，對於詩歌的創作數量是有意圖步追陸游的，因此在品質上便顯得有些良莠不齊。〔註18〕然而，若以南宋詩歌發展論之，對於江西詩派完全失去作者個性的弊病，在他秉持融合與改造的寫作觀點與態度下，他的詩歌是有一定的價值意義的。本節將擷取劉克莊序跋文中的詩歌理論與批評觀點，藉由他個人對於理論的詮釋，評論詩歌的觀點以及自我創作的實踐原則，釐清劉克莊詩歌創作觀點，並能在序跋文的闡述中理解他如何超脫四靈、江湖兩派詩人的藩籬，在南宋大四家的光輝之下，展現個人的詩歌色彩。

（一）劉克莊的詩學經驗

劉克莊的詩學觀點並非始終一致的，隨著交友師法對象的不同以及創作經驗的累積，也隨之融入或變造許多不同的見解與思維，這代表著劉克莊的詩學歷程，也代表著他對於南宋當時詩學概念的接受與改造。透過不同時期序跋文的評論，是理解他的詩學觀點以及詩學批評的重要管道。因此，本小節以劉克莊的詩學經驗作爲開頭，概括南宋詩學與劉克莊個人詩歌創作觀念的差異性與關聯性。對於自己學詩的經歷，他在〈刻楮集序〉中記錄了約略的脈絡：

> 初，余由放翁入，後喜誠齋，又兼取東都、南渡江西諸老，上及於
> 唐人大小家數，手鈔口誦。（《後村先生大全集》卷96，頁832）

這篇序文是在宋理宗寶祐二年（1254）所作，可以說是劉克莊在六十七歲之前的學詩的經歷，他以陸游慷慨悲壯、筆力雄健詩風入手，接著又追隨楊萬里較爲廣闊的氣概，更將此二人以杜甫、李白相稱，〔註19〕除此之外，他兼采江西詩風，也學習唐代詩人，他學詩的取徑較廣闊，其中不乏有理論衝突

〔註18〕劉克莊〈八十吟‧其八〉：「誠翁僅有四千首，惟放翁幾滿萬篇。老子胸中有殘錦，問天乞與放翁年。」《大全集》卷38，頁321。他有意識地在作詩上用力，並取得在數量上的成就，然而，卻也造成許多晚年詩作過於俚俗、口語化的弊病。

〔註19〕孫旺、常國武主編：《宋代文學史》，頁206。

的江西詩派與唐人詩風，因此也曾經對於自己所秉持的寫作觀點產生質疑，當論及四靈與江湖詩風時，他也有所省思，〈瓜圃集序〉即云：

> 余詩亦然，十年前始自厭之，欲息唐律，專造古體。趙南塘不謂然，其說曰：「言意深淺，存人胸懷，不繫體格。若氣象廣大，雖唐律不害爲黃鐘、大呂，否則手操雲和，而驚飆駭電猶隱隱絃撥間也。」余感其言而止。（《後村先生大全集》卷94，頁810）

他對於晚唐詩風所導致的卑弱氣息感到厭惡，欲以古詩來取代唐律，然而趙南塘則認爲雖是崇尚唐律，恪遵詩律法度，詩中的意趣深淺關乎個人胸懷，與格律無關，劉克莊也接受這種說法，因而從中歸結出更深刻的寫作境界。我們不難發現他經常使用「兼備眾體」、「不主一體」、「融液眾作」等話來詮釋或評論他人的詩文作品，這正是他出入江西、四靈、江湖等詩派，並學習楊萬里、陸游等大詩人，兼具自己對詩歌創作的體悟，歸結並整理了南北宋以來詩歌風格轉變的創作潮流，並試圖爲其尋找一條新的出路。

（二）詩學觀點

劉克莊序跋文中對於詩歌的創作提出許多理論，他透過自己豐富的創作經驗以及不同時期對於詩學理論的體悟，再加上與師友群體間的交流，使其超脫出當時各詩派理論的拘束，兼取眾家之長，試圖對宋詩作理論性的改造。他不以宋代詩人作品爲範限，更上溯至先秦至晚唐的創作思維，以詩歌史論爲依歸，並檢討當代詩歌創作弊病，[註20] 最後歸納爲個人獨特的創作理論，以下分述劉克莊序跋文中的詩學觀點：

1、詩發於「情性」之說

詩本於作者的情性，這是先秦至唐代作詩的基礎原則，然而宋詩重理，詩作多在顯示其「記問博學」的知識涵養，缺乏個人的情感思想，這種情況

[註20] 劉克莊〈林子顯詩序〉「五言詩三百五篇中間有之，逮漢魏蘇、李、曹、劉之作，號爲「選體」。及沈休文出，以浮聲切響作古，自謂靈均以來未睹斯閟，一唱百和，漸有唐風。唐初如陳子昂〈感遇〉，平把《騷》、《選》，非開元、天寶以後作者所及。李、杜大家數，姑置勿論。五言如孟浩然、劉長卿、韋蘇州、柳子厚，皆高簡要妙。雖郊、島才思拘狹，或安一字而斷數髭，或先得上句，經歲始足下句，其用心之苦如此，未可以唐風少之。近世理學興而詩律壞，爲永嘉四靈復爲五言，苦吟過於郊、島，篇帙少而警策多，今皆亡矣。」《後村大全集卷》卷98，頁850～851。由上古至南宋作詩史脈絡的評論，以古鑑今，具有全觀性的詩學思維。

在江西詩派的推波助瀾之下更爲鮮明。爲此，劉克莊在〈韓隱君詩序〉中提出了批評：

> 或古詩出於情性，發必善；今詩出於記問，博而已。自杜子美未免此病，於是張籍、王建輩稍束起書袋，剗去繁縟，趨於切近。世喜其簡便，競起效顰，遂爲晚唐體，益下，去古益遠。豈非資書以爲詩失之腐，捐書以爲詩失之野歟！（《後村先生大全集》卷96，頁827）

對比唐代及其以前的作品，宋詩的特色在於博學，而至江西末流更顯得書卷氣味的陳腐，此時，四靈詩派對江西詩派作了創作理論上的調整，南宋中末期紛紛仿效晚唐獨抒個人胸臆的趨勢之下，卻也造成了詩歌缺乏知性涵養的弊病，如此，詩歌即呈現兩種極端過與不及的表現形式，劉克莊有鑑於此，遂提出詩發於「情性」欲改正這種風氣。以「情性」作詩在南宋當時的論述中並非創見，特別是理學家的闡釋，往往要求寫詩的「情性」必須合於儒家傳統仁義道德的理念，並使之歸於天性，摒棄了個人內心情感的存在。而劉克莊的觀點稍異於此，他吸收了陸游、楊萬里等人對於詩作與「情性」的論點，陸游〈澹齋居士詩序〉：「蓋人之情，悲憤積於中而無言，始發爲詩。不然，無詩矣。」〔註21〕陸游認爲作詩與心中的情感有絕對的關聯，透過個人情緒的呈現而發爲詩歌，而這種情感除了是個人的，也是放諸古今四海皆準的，劉克莊在〈宋希仁詩序〉說：「余謂詩之體格有古、律之變，人之情性無今昔之異。」（《後村先生大全集》卷97，頁839）又〈跋何謙詩〉也提到：「然變者詩之體製也，歷千年萬世而不變者人之情性也。」（《後村先生大全集》卷106，頁917）他深知以文學發展的常態來說，詩歌的體裁是不停改變的，然而，人類內心中的情感，卻是古今一致而貫通的。

另外，不同於追求晚唐只重情感的四靈詩風，他認爲發於內心的「情性」也不是漫無限制的，〈跋何謙詩〉即云：「以情性禮義爲本。」（《後村先生大全集》卷106，頁917）而所謂禮義的規範何在，他在〈唐五七言絕句〉進一步說明：

> 切情詣理之作，匹士寒女不棄也，否則巨人作家不錄也。惟李、杜當別論。……夫發乎性情者，天理不容泯；止乎禮義者，聖筆不能刪也。（《後村先生大全集》卷94，頁816。）

〔註21〕〔宋〕陸游：《渭南文集》（台北：臺灣商務印書館，1979年11月），頁141～142。

劉克莊的詩學觀點注重人的內心真實情感，同時也重視禮義，但與理學家以禮義作爲探求「性情之正」的目的不同，但也並非隨意恣肆、不合禮法的，他既要詩歌反映現實、積極干預時務的社會功能，也一併採納抒發個人情性、追求心靈愉悅的審美作用，對於「風人之詩」與「文人之詩」重新作了地位上的調整，同時也肯定了「情性」爲匹夫與碩儒所共有的，只要「發乎性情」並「合乎禮義」都可以是優秀的作品。

2、鍛煉說與師法說

　　詩歌創作中的方法與藝術技巧，取決作者於內在涵養的培養以及廣泛的學習涉獵。劉克莊詩歌創作技巧與藝術性的理論，著重在詩歌創作基礎的「鍛煉」以及「師法」兩個主要方向，他經由釐清歷來詩歌的發展變化，並融合當時詩歌流弊的改進之道，這種內在工夫強調詩歌的意蘊與字句辭藻琢磨的重要性，因而所關涉的意義概念也較當時各家詩派的理論更爲兼容並蓄。劉克莊在闡述這種理論時，並非憑著自己的意識而制訂新的標準，而是根據效法前輩的創作方法，得出較爲客觀的概念。他在〈竹溪詩序〉中說：「乾、淳間，艾軒先生始好深湛之思，加鍛煉之功，有經歲累月繕一章未就者。盡平生之作不數卷，然以約敵繁、密勝疏、精擒粗。」（《後村先生大全集》卷 94，頁 814）強調作品必須「簡約、緊密、精要」，而如何使作品符合這種特質，則必須透過「鍛煉」和「師法」的工夫。

　　「鍛煉」的工夫即是對文辭用心地修飾，劉克莊認爲必須兼備詩的內容與文辭修飾，文學作品徒有內涵而沒有適切的外在文辭，無法使讀者真正地領略作者想要表達的意涵，因此劉克莊在〈跋張文學詩卷〉中，闡述了他的主張：

　　　　意，本也；辭，末也。然聖門之論，曰「辭達而已矣」，又曰「質勝
　　　　文則野」，辭亦豈可少哉？（《後村先生大全集》卷 111，頁 972）

內容和文辭不能偏廢的觀點，對所有文學創作都是一致的，劉克莊再度引用孔子「辭達而已」的說法，爲使詩作達到「辭達」的效果，他要求透過對文辭的鍛煉，並通過反覆琢磨修改，使得在表情達意上更爲精當準確，而展現其藝術魅力。〔註22〕如同〈跋趙孟侒詩〉所云：「詩必窮始工，必老始就，必思索始高深，必鍛煉始精粹。」（《後村先生大全集》卷 106，頁 923）經過深

〔註22〕王錫九：《劉克莊詩學研究》（合肥：黃山書社，2007 年 9 月），頁 208。

刻的思索，而達到鍛煉的目的，就是這種詩歌寫作的內在工夫。

　　劉克莊詩歌「鍛煉說」的關鍵是要達到文辭的簡練，而關於文辭簡練所呈現的特色，他在〈跋方實孫詠史詩〉中云：「然前輩詠史皆簡切可諷味，今累百言，押十韻，失之繁，斲而小之乃善。」（《後村先生大全集》卷100，頁868）又〈跋真仁夫詩卷〉云：「繁濃不如簡澹，直肆不如微婉，重而濁不如輕而清，實而晦不如虛而明，不易之論也。」（《後村先生大全集》卷99，頁854）以「繁」、「簡」對比的說法，凸顯鍛煉的必要性，更深一層的論述「繁」與「簡」的優劣高下之分，並進一步要求「簡而能切」、「簡而能澹」，文辭經過鍛煉能夠達到精確表意的效果，這是鍛煉的目的，換言之，鍛煉並非刻意斧鑿艱深詞彙，而是使文辭行諸自然的高度藝術技巧，就如同他在〈跋方實孫樂府〉引用王安石的說法「看似尋常最奇崛，成如容易卻艱辛」（《後村先生大全集》卷100，頁868），正說明鍛煉文辭而使之自然簡澹的互成關係。

　　鍛煉文辭主要是為了達到真切且明白表達詩歌的意旨，這種詩歌的寫作觀念，是劉克莊批判當代詩歌的創作風氣所產生的，他在〈跋王元邃詩〉論道：

> 前輩謂：「有意而言，意盡而言止。」為天下至言。是以此說觀近人之集，類無意而言者也，意盡而言未止也。（《後村先生大全集》卷101，頁879）

首先引用前人「言意」間的互涉關係，批評當時某些詩人在言意兩者間未能取得平衡，或不在乎詩歌內容而徒有文辭，或意已表盡而文辭徒飾，在某種文學主張流派發展到極盛的狀況之下，便會產生徒具形式的問題，劉克莊據此重新強調詩歌的內容與文辭之間的關係，他在〈方俊甫小稿元英〉評論方俊甫的詩作：「君師之病在於鍊字而不鍊意，余竊以為未然。若意義高古，雖用俗字亦雅，陳字亦新，閑字亦警。」（《後村先生大全集》卷111，頁974）其凸顯詩歌內涵的重要意義，認為詩人必須要明白地闡述詩的道理和意蘊，他接著就「言意」的觀點，提出成為優秀作家的範式，〈跋表弟方遇詩〉中論及：「使語意俱到，巧拙相參，他日必為大作者而不為小家數矣。」（《後村先生大全集》卷100，頁863）這段文字明白地表達了「言」、「意」二者兼具的創作思維，接著透過鍛煉的工夫，使文辭趨於自然而簡要，達到高度的藝術境界。

　　在論述「師法」的觀點中，劉克莊有個獨特的切入觀點，〈跋李炎子詩卷〉云：「看人文字必推本其家世，尚論其師友。」（《後村先生大全集》卷109，頁953）「師法說」是他在詩歌寫作技巧中學習與借鑒前人詩歌的方法，透過

對前人詩歌的研習、揣摩、融化，從而悟得的作詩之法，〔註23〕他在〈趙逢原詩序〉也提及：「古者藝必有師，師必有傳人。師之所在，其傳必廣。王豹處於淇，而河西善謳；綿駒處於高唐，而齊右善歌，其來尚矣。」(《後村先生大全集》卷97，頁838) 〔註24〕劉克莊理解到師法前人的歷史淵源，因此，他在學詩的內在歷程當中，特別重視師法。

劉克莊認為師法應該兼取眾家眾體，不當限於一隅。他首先批評當時詩人因師法的侷限而導致作詩的弊病，〈劉圻父詩序〉云：

> 余嘗病世之為唐律者膠攣淺易，窘局才思，千篇一體，而為派家者則又馳騖廣遠，蕩棄幅尺，一嗅味盡。(《後村先生大全集》卷94，頁809)

又〈聽蛙詩序〉亦云：

> 近時小家數不過點對風月花鳥，脫換前人別情閨思，以為天下之美在世，然力量輕，邊幅窘，萬人一律。(《後村先生大全集》卷97，頁840)

他雖被推為江湖詩派的代表人物，但在批判四靈詩人及江湖詩派的作詩弊病時仍是相當客觀的。南宋尊晚唐的詩人，刻意仿效賈島、姚合的苦吟，因此便落入字句雕琢與逃避社會現實的狹隘思維，劉克莊出入四靈、江湖，故深知此一弊害，他推舉黃庭堅作詩能兼得眾家之長，他在〈江西詩派‧黃山谷〉論及：

> 豫章稍後出，會萃百家句律之長，究極歷代體制之變，蒐獵奇書，穿穴異聞，作為古律，自成一家，雖隻字片語不輕出，遂為本朝詩家宗祖，在禪學中比得達摩，不易之論也。(《後村先生大全集》卷95，頁821)

強調黃庭堅能「薈萃百家句律之長」，並「究極歷代體制之變」，因此得以「自成一家」，這正說明了黃庭堅的學詩經驗與成就，在兼取眾家眾體以及掌握各體式的變異之下，能夠成為一派之宗。關於詩歌的創作，他提出了具體的優劣分別，〈跋黃珩和梅絕句〉中云：「凡詩以千首如一首為易，以一筆兼眾體為難；以眾句敘一事為易，以一句貫一篇為難。」(《後村先生大全集》卷108，

〔註23〕景紅錄：《劉克莊詩學研究》(上海：上海古籍出版社，2007年12月)，頁65。
〔註24〕〔宋〕劉克莊：《後村先生大全集‧趙逢原詩序》卷97，頁838。題名原作「庭」，據《全宋文》卷7569〈趙逢原詩序〉註〔一〕改。

頁 941）在師法眾家眾體的觀念中，他主張兼收並蓄、博取眾長的詩學方法，因此，就師法前人的觀點中，他在〈跋陳秘書集句詩〉中明確地給了評價：

> 然融液眾作而成一家之言，必有大氣魄；陵暴萬象而無一物不爲吾
> 用，必有大力量。（《後村先生大全集》卷 109，頁 947）

劉克莊對於「融液眾作」的態度給予高度的認同，而更具體的學詩兼采眾家的說法，也由《後村詩話新集卷一・李杜》得知，他說：「元微之作子美墓誌及銘，皆高古，如云：『子美上薄風、騷，下該沈、宋，言奪蘇、李，氣吞曹、劉，掩顏、謝之孤高，雜徐、庾之流麗，盡古今之體制，兼文人之所獨傳。』〔註25〕說得出。」〔註26〕劉克莊透過元稹撰寫杜甫墓誌銘的內容，說明杜甫作品各種特色其來有致，細數眾家特長與之呼應，這也是他闡述師法理論中，必須兼得眾家之長的詩歌寫作原則。

3、詩外工夫──創作之前的外在修養工夫

南宋詩人意識到要把詩寫得更好，除了詩歌本身的技巧之外，還必須注重詩外的工夫，〔註27〕陸游〈示子遹〉：「汝果欲學詩，工夫在詩外。」〔註28〕楊萬里〈下橫山灘頭望金華山〉：「閉門覓句非詩法，只有征行自有詩。」〔註29〕詩外工夫即是關於詩歌技巧之外的個人涵養，他們強調「行萬里路」的概念，將作詩的涵養工夫深入到生活當中。劉克莊亦認爲詩人創作不只有結構技巧的問題，對於詩歌技巧以外的培養也是極爲重要的，但他更將這個概念推廣，包括個人的品德、個性、環境、行旅經驗以及人生經歷等等，他〈跋趙司令楷詩卷〉中云：

> 余聞湖湘之士皆嘗聞五峰、南軒之遺風緒論，意侯所學蓋有在於詩
> 之外者，侯其勉之。（《後村先生大全集》卷 100，頁 863）

〔註25〕〔唐〕元稹：《元稹集》（台北：漢京文化事業，2004 年 3 月），頁 601。此段爲劉克莊引述元稹〈唐故工部員外郎杜君墓係銘並序〉，原文有少許出入，但不妨其文意：「至於子美，蓋所謂上薄風騷，下該沈宋，古傍蘇李，氣奪曹劉，掩顏謝之孤高，雜徐庾之流麗，盡得古今之體式，而兼今人之所獨專也。」

〔註26〕〔宋〕劉克莊：《後村詩話・新集》（台北：廣文書局，1971 年 9 月），卷 1，頁 6。

〔註27〕王明見：《劉克莊與中國詩學》（成都：巴蜀書社，2004 年 2 月），頁 158。

〔註28〕〔宋〕陸游：《劍南詩稿》（台北市：臺灣中華書局，1966 年 3 月），卷 78，頁 12。

〔註29〕〔宋〕楊萬里：《誠齋詩集》（台北市：臺灣中華書局，1966 年 3 月），卷 28，頁 11。

劉克莊作詩講求品德的涵養，這是在詩歌文辭或技巧之外的修養工夫，這與他生在理學世家或有很大的關係，他強調德行在先而藝術技巧於後的觀點，在〈跋陳戶曹詩卷〉中提及：「詩之內等級尚多，詩之外義理無窮。先民有言：德成而上，藝成而下。前輩亦云：願郎君損有餘之才，補不足之德。君粹然佳子弟，非不足於德者，余恐其爲藝所掩也。」（《後村先生大全集》卷 99，頁 855）文中論述作家之才、藝技巧勝過詩中之德，或許劉克莊在詩中忖度出作家品德不足，或者以詩歌之跋借題發揮勸勉其人，然而，在詩歌中道德涵養與藝術技巧的拿捏，還是必須將品德的涵養置於前位的。

詩人創作的過程當中，其心境與個性將決定詩歌的風貌，故劉克莊〈跋林合詩卷〉云：「古之善鳴者養其聲之所自出，靜者之辭雅，躁者之辭浮；悲者之辭暢，蔽者之辭礙；達者之辭和，狷者之辭激。蓋輕快則鄰於浮，僻晦則傷於礙，刻意則流於激。」（《後村先生大全集》卷 106，頁 921）劉克莊以兩種對比性情所寫成的詩歌特質爲例，著重在適於宋詩個性的培養，「靜、悲、達」三種心性所能夠展現的，即是宋詩簡而有法並且富人文涵養的詩歌特質。唐僧皎然即云：「夫詩工創心，以情爲地，以興爲經。」〔註30〕因此，作家性情、心境的培養，對於作品的整體風貌取向有相當大的關係。

行旅經驗之於文學創作經驗的積累，對歷來的文學家都有共同的體認。司馬遷之壯遊，除了蒐羅史材，更擴展了他文筆的氣勢與廣度。劉克莊在〈跋方元吉詩〉也有同樣的說法：「又周遊天下，南轅湘、粵，北輈汴、燕，縱覽祝融、扶胥、太行、黃河，故揮毫之際如有神助。」（《後村先生大全集》卷 108，頁 942）以及〈野谷集序〉：「明翁詩兼眾體，而又徧行吳、楚、百粵之地，眼力既高，筆力益放。」（《後村先生大全集》卷 94，頁 812）他認爲遊歷四方對於寫作有實質的幫助，特別是對識見的開拓和文氣的培養，因此，這種詩歌外在的培養工夫也是不可缺少的。

另外，關於作家周遭環境以及人生經驗的歷練也是影響詩歌創作重要的一環，雖然環境與際遇似乎是作家本身無法完全掌握的，然而，作家如何在個人不同的處境中寫出優秀的作品，全賴他對於順、逆境的接受與轉化。劉克莊提出「窮而後工」的理論，〈跋章仲山詩〉即云：「詩必天地畸人、山林退士然後有標致，必空乏拂亂、必流離顛沛然後有感觸，又必與其類鍛鍊追

〔註30〕 （日）遍照金剛撰、盧盛江校考：《文鏡秘府論彙校彙考》（北京：中華書局，2006 年 4 月），頁 1446。

璞然後工。」（《後村先生大全集》卷 109，頁 945）認為作家經歷困頓和顛沛
的生活經驗，如同那些遷客、隱士在心境有所磨難，在詩歌的表現上才能掌
握到觸發於心人生的眞諦。劉克莊〈跋柯豈文詩〉舉了前朝的例證：

> 郊、島詩極天下之工，亦極天下之窮。方其苦吟也，有先得上句，
> 經年始足下句者；有斷數鬚而下一字者。做成此一種文字，其人雖
> 欲不窮不可得也。元、白變其體，求以諧俗，茗坊酒壚，往往傳送，
> 詩稍濫觴矣。（《後村先生大全集》卷 101，頁 872）

文中說明孟郊、賈島兩位詩人生活歷經窮困，因此以「苦吟」為詩有其生活
的實際體驗作為基礎，他歸結兩位晚唐詩人鏤刻生活實感，是在於其人不窮
亦不可得的前提之下產生的。劉克莊也讚賞唐代李、杜二人生活經歷與詩歌
創作的結合，〈王子文詩序〉云：「謂窮乃工詩自唐始，而李、杜為尤窮而最
工者。」（《後村先生大全集》卷 94，頁 815）詩歌美感的追求在於「工」，而
能「工」的前提在於生命之「窮」，作家能轉化人生困頓的經驗，刻畫為詩歌
作品，固然詩歌的生命情致較為深刻。

　　劉克莊序跋文當中所論述的詩歌理論，由詩歌寫作發源於作家「性情」
的觀點，詩歌內在工夫的「鍛鍊」與「師法」以及詩外工夫之於作家的陶冶
與涵養，足以看出劉克莊對於當時詩歌風尚的修正與統合，他試圖融合歷代
以來的詩學觀點，並透過南宋詩歌弊病的批評，建構出一套個人的詩學系統，
同時也代表著詩學發展至南宋的集成。

（三）劉克莊的詩學批評

　　劉克莊的序跋文中包含了大量的文學批評，在詩歌這方面更是不少。文
中他以個人的詩學觀點，或批判當時詩歌風氣的弊端，或直陳作家作品的優
缺點，在序跋文中闡述的詩學批評，可以藉由這些對象進行發揮，也由於來
向劉克莊索求序跋文的人不少，並且多在他有相當的名望之後，因此，劉克
莊能夠並有意扭轉當時的詩文風尚，透過序跋文中的詩學批評，除了可以得
出劉克莊個人的詩學觀點，更能夠看出南宋當時詩歌的風貌。

　　江西詩派在北宋崛起，其理論影響直至南宋中後期，然而，詩派的理論
經過長期的發展，已是凝滯不前且徒增弊端。永嘉四靈詩人與江湖詩派先後
崛起，企圖對江西詩派作一反動，而當時詩風的確也有所變動，詩人逐漸走
出仿擬前人和以學識作詩的觀點，但是繼起的江湖詩人品類雜陳，無論在品
德修養，或是在作詩技巧上，都無法將宋詩再度領入盛美的境界，他們追求

晚唐賈島、姚合「苦吟」之風，卻在以「博學識見」或「全憑情感」的兩種
原則，陷入與江西詩派為兩種極端的趨勢，劉克莊在〈晚覺閑稿序〉評論道：

> 近時詩人竭心思搜索，極筆力雕鐫，不離唐律，少者二韻，或四十
> 字，增至五十六字而止。前一輩以此擅名，後生歆慕，人人有集，
> 皆輕清華豔，如露蟬之鳴木杪，翡翠之戲苕上。……雖窮搜索雕鐫
> 之功，而不能掩其寒儉刻削之態。（《後村先生大全集》卷 97，頁 836）

批評南宋江湖詩人多仿效晚唐詩風，刻意追求唐律，僅在雕琢音韻詞句，詩
風顯得較卑弱而沒有生命力。劉克莊長年在朝廷與江湖之間遊走，深知社會
上下層詩人的整體趨向，同時又走出四靈、江湖詩風的侷限，並且汲取了江
西詩派的長處，因此，他兼取眾家之長，作為個人的詩學觀點。他曾經以今
昔詩人風尚作比較，〈跋方俊甫小稿元英〉云：

> 余觀古詩以六義為主，而不肯於片言隻字求工。季世反是，雖退之
> 高才，不過欲去陳言以誇末俗。後人因之，雖守詩家之句律嚴，然
> 去風人之情性遠矣。（《後村先生大全集》卷 111，頁 974）

劉克莊對於詩歌批評觀點的建立，是奠基在上古至今的詩歌總體源流，他認
為作詩之本在於「性情」，然近世詩人卻只致力於文辭上的雕琢，流於個人情
感的鋪陳，故以上古詩歌六義之情性對比當時的詩歌，作為評價詩歌優劣的
標準。另外，他也指出理學風氣盛行之下，詩歌的其他面向，在〈跋吳帥卿
雜著・恕齋詩存稿〉即云：

> 嘲弄風月，污人行止，此論之行已久。近世貴理學而賤詩，間有篇
> 詠，率是語錄、講義之押韻者耳。（《後村先生大全集》卷 111，頁
> 966）

語錄、講義皆是近乎口語化的紀錄文字，理學家摒棄詩歌的情意涵養，而在
創作詩歌時還藉以闡發義理思想，對於詩歌這種文類的特質並不適合，故正
如劉克莊所評論：理學家的詩歌僅是將語錄和講義文字押韻罷了！

　　過度雕琢文辭而失去詩歌情性的江湖詩派，以及理學家語錄體式的詩
歌，正是南宋中晚期詩風最大的流弊，劉克莊針對當時兩種情況給予批評，
並提出改善的方法，他在〈跋刁通判詩卷〉說：「余嘗評本朝詩，崑體過於雕
琢，去情性浸遠，至歐、梅使以開拓變拘狹，平澹易纖巧。子曰『辭達而已
矣』，豈必摭揹義山入社乎？」（《後村先生大全集》卷 110，頁 956）以歐陽脩、
梅堯臣的詩歌作為學習的對象，認為應該追隨他們「以平澹易纖巧」的腳步，

並遵循孔子「辭達而已矣」爲創作的準則。故當劉克莊給予正面的批評時，在〈跋趙崇安詩卷〉中有這樣的說法：「崇安明府趙君寶示余新舊詩二卷，氣骨清拔，音節諧暢，其合處往往流出肝脾，不待聳肩撚髭。」（《後村先生大全集》卷107，頁929）詩歌中當有氣骨，音節要求諧暢，且情意當出於內心，發爲文字則自然而然，不待雕琢。這便是劉克莊詩歌的批評標準。

關於各文體批評者的要求也是劉克莊較有特色的觀點，他具有專業化的觀點，在〈跋劉瀾詩集〉提及：

> 詩必與詩人評之。今世言某人貴名揭日月，直聲塞穹壤，是名節人也；某人性理際天淵，源派傳濂洛，是學問人也；某人窺姚、姒，逮《莊》、《騷》，摘屈、宋，熏班、馬，是文章人也；某人萬里外建侯，某人立談取卿相，是功名人也。……詩非本色人不能評。（《後村先生大全集》卷109，頁946）

劉克莊區分名節、學問、文章、功名等各種不同特質的人文表現，彰顯不同領域中會有各自特出的標準規範，目的在藉此將詩歌的批評專門化、專業化，非詩人不得評詩，也強調能力相當的評論者才具有批評的資格，這是較爲先進的觀點，序跋文中往往有不少阿諛的篇章，不外乎撰寫序跋者對該書甚至某種文類文體不甚熟稔，因只能顧左右而言他。劉克莊自己寫詩又有大量的詩歌品評的序跋，相信他在面對詩文的批評上，會有較爲專業化傾向。

第二節 書畫藝術觀點

劉克莊序跋文內容當中，關於書畫藝術理論的敘述集中在跋文中，跋文的文體特質也正是如此，在欣賞或評論、考辨書畫作品時，題在作品空白處或另書別處的評論性文字，後世往往可以透過這些跋文更深入理解這些作品的背景或考證其眞僞。劉克莊的跋文中有不少評論或考辨前人字帖書畫的論述，其不乏眾所皆知的北宋四大家蘇、黃、米、蔡，畫家文與可、李伯時、楊補之等人，以及深入考察〈淳化秘閣法帖〉和眾多名家字帖，這些都是當時最傑出的藝術作品，劉克莊以過人的眼光以及高度的藝術審美觀，加上深厚的鑑賞碑帖的知識，對於字帖書畫有精確的鑑別判斷與審美評價，對於南宋中晚期的藝術發展史，有相當的貢獻。

本節依劉克莊序跋文當中討論的書帖字畫，以藝術審美觀點和作品鑑定

考辨兩大主軸，顯示作品本身的藝術價值以及考辨作品真偽等藝術鑑賞方法，劉克莊針對各家或各作品分別評述，藉以闡述並釐清他的書畫藝術觀點。此外，他發表文藝美學觀點主要是在晚年時期，晚年的劉克莊在世界觀、創作風格、美學觀點上都在向老莊靠攏，〔註31〕當他在進行評論考辨作品的當下，除了客觀的碑帖知識之外，在揉合理學、禪宗以及老莊思維的藝術觀點，作出屬於自己的藝術評論。

一、書法作品的藝術審美觀點

宋代書藝與唐代迥然不同，唐書崇法度，雄偉闊大；宋書崇氣勢，天趣空靈。〔註32〕的確，書法的技巧與規範，在唐代已經奠下了穩固的基礎，無論是字體、筆法或者運筆的方式，都有一定的範式。到了宋代，文人們在書道藝術的發展有卓越的突破，宋人主張「尚意」，與詩文的藝術追求有相同的步履，因此，相較唐代拘謹的書法規範，到了宋代，已由各個天才橫溢的藝術家，融合並創造出更具自我風格的作品，歐陽脩確立「書法人格化」的理論，〔註33〕在宋代各家的書字當中，皆有獨特的個人藝術特色。

（一）劉克莊書法藝術的觀點

五代至宋初，書法藝術並不為人所重視，時人並未將其視一種專門的技藝，故名家較少。直至宋太宗趙光義，其特別留心翰墨，於淳化三年（992）詔刻《淳化秘閣法帖》十卷，其中王羲之（303～361）、王獻之（343～387）父子二人書蹟即佔一半，〔註34〕不難看出宋初的書法，仍是崇尚二王的。宋代書字藝術再度為人所重視，書家的創作有一共同的歷程，他們先學習唐法，繼之擺脫唐法，並回歸晉人逸趣，其追求自由表現，形成自己的風格，〔註35〕相對地也在書家之間產生了許多的評論與見解。北宋四大家已經足以代表宋代書法藝術的最高成就，進而由多位書家的共同經營，時至南宋，對於翰墨

〔註31〕王明見：《劉克莊與中國詩學》，頁78～79。
〔註32〕蔣文光：《中國書法史》（台北：文津出版社，1993年7月），頁217。
〔註33〕馮振凱：《中國書法史》（台北：藝術圖書公司，1983年7月），頁152。
〔註34〕張光賓：《中華書法史》（台北：臺灣商務印書館，1984年4月），頁178。宋太宗命翰林侍書王著編次摩勒，拓用澄心堂紙、李廷珪墨，編為中國匯帖之祖──《淳化閣法帖》，又稱《淳化閣帖》，簡稱《閣帖》。《閣帖》以後，直接影響宋以後近一千多年注重帖的風氣。
〔註35〕熊秉明：《中國書法理論體系》（台北：雄獅圖書，2000年1月），頁83。

藝術的追求，也都是建立在四大家的基礎之上，劉克莊得藉由自己的收藏或觀覽友人所珍藏歷代書法，發表許多關於名家翰墨的審美觀點，更可以得知他個人的藝術觀點。

1、結合人品與作品的評價

劉克莊對文學與書畫藝術的批評是結合了人品與作品的共同評價，他認為一個人的內在德行是會影響作品的優劣，然而，他也清楚若是摒棄這種觀點，以作品本身論處的話，會有另一種詮釋空間。他在〈唐彥猷諸公帖〉中論及：「蓋以人論，則楊大年、蘇子由、曾子固、范淳夫、陳了翁當作一編；以字論，則唐彥猷、林夫與別冊才翁、子美字當作一編。」（《後村先生大全集》卷105，頁909）在「以人論」、「以字論」兩種評論原則之下，帖集的編次便會有所差異，劉克莊在理學思維的影響之下，也不免如此。再如〈跋周越帖〉所云：

> 又躋米於蔡上，非特蔡、米輩行人品判如穹壤，姑以字論，蔡如周
> 公繡裳赤舄，如孔子深衣玄冕立於宗廟朝廷之上，米如荊軻說劍，
> 如尉遲敬德奪槊耳，烏得與蔡抗論乎！（《後村先生大全集》卷104，
> 頁903）

劉克莊先從人格品德分判蔡襄與米芾（1051～1107），再以字體特質的差異分其高下，這是劉克莊個人的批評原則，在他具有兼融性觀點的前提之下，較傾向於講究作家德行，以及作品平靜沈穩的風格。這是他的藝術審美觀點，或與理學背景深厚的家世有莫大的關係。

2、勤於鍛煉的工夫

宋書法家所追求的「瀟灑」、「信手」，含有遊戲遣興的成分，他們多數不重視大量練習的工夫，雖說極富個人的特色，但往往有所缺陷。劉克莊在學習書法的觀點中，推崇用功刻苦的書家，他在〈跋高宗宸翰〉中云：

> 然藝不習則不工，雖右軍猶不免於臨池；辨才年八十餘，日臨數本。
> 能積勤然後能絕妙，非偶然得名也。（《後村先生大全集》卷 103，
> 頁890）

劉克莊認為文學創作需要鍛煉的工夫，反覆琢磨以至反璞歸真，是最為優秀的作品。翰墨的鍛煉亦然，他認為技藝當要不斷地練習，才能達到一定的水準，即便是王羲之、辨才（？）和尚兩位名氣甚盛的書家，都有長時間練習的經歷，他在〈跋張義祖帖〉中，以書家張義祖為例：「世傳其有別業直三百

萬，盡鬻以市紙，學書二十年不下樓。」（《後村先生大全集》卷104，頁902）他在強調勤奮不倦的努力，才能寫出絕妙的書字，以宋人普遍的學書風氣來看，劉克莊是較偏向傳統的。

3、臨摹的工夫

更值得注意的是，劉克莊強調勤加練習的重要，但對於臨摹的工夫也是極為講究的，他在〈跋復齋臨蘭亭帖〉中云：「善書者未有不臨〈褉帖〉，然有貌似之者，有意似之者。余謂貌似之者，優孟之效孫叔敖也；意似之者，魯男子之學柳下惠也。」（《後村先生大全集》卷104，頁906）宋人學書多求其意，這是這個時代的特色，也是為當時所器重的特質，北宋四大家的書法當中，便各有獨特的風格，他們也莫不學習、臨摹前人的優秀作品，但取前人點畫之精華，融化成為個人的筆意，正是他們能夠流傳後世且成為一個時期的代表，最重要的因素。

（二）作家分論

本小節僅討論劉克莊序跋文中提及的作家，雖非唐宋時期全面性的書法史論述，但除了可以窺見當時梗概之外，更可以釐清出劉克莊個人的書法觀點。北宋以前許多墨跡原帖皆已失傳，現今研究者亦無法就原本考辨之，況且更多跋文更僅是針對字帖內容抒發感懷、陳述議論，無關翰墨書法的觀點，無法與歷來的書畫評論專書相提並論。然而，劉克莊所關涉數家，皆為當時名家無疑，配合劉克莊所闡述的書法審美觀點，足以窺得劉克莊對於當時書法藝術的理解，是有相當的程度的。

1、蘇軾的書法

蘇軾其書學蘭亭，中年喜臨顏真卿（709～785）結字隱密，筆圓韻勝，姿容奇逸，視似無法而有法。後人評其書，或以為姿媚似徐浩，瘦硬似柳公權，或云似顏真卿，或云似楊凝式（873～954），或云似李邕（675～747），俱有所本，而各有所化，能於古人法度中蛻變創造各人獨立的風格。〔註36〕劉克莊觀覽蘇軾不少字帖真跡，然而大部分的序跋文皆針對字帖內容事件予以評論或藉以抒懷，對於墨跡的論述，並沒有太多，然而，劉克莊整體上還是十分傾慕蘇軾的書法，對於蘇軾字帖，更有極深入的體會與理解。〈跋坡公題背面美人行〉：「此卷後坡詩墨濃筆縱，暮年書也。」（《後村先生大全集》

〔註36〕張光賓：《中華書法史》，頁203。

卷 111，頁 968）雖是隻字片語，不難看出他對蘇軾書法藝術特色的掌握，由早年的二王筆法，專而學顏眞卿的渾圓陳勁，對蘇字階段性的特色，很有體悟。再者，劉克莊對蘇字的判讀，不僅止於字體本身的特色，他更考慮了當時的時空背景，如〈跋東坡玉堂詞草〉：

> 或疑此卷塗抹多而點畫拙，似非公書。夫六十老人，詞頭夜下，攬衣呼燭，頃刻成章，豈暇求工於字畫乎？公固云「乞郡三章字半斜，廟堂傳笑眼昏花」，則此卷乃眞蹟無可疑矣。（《後村先生大全集》卷 105，頁 910）

蘇軾單鉤執筆，又枕腕寫字，故常有偃筆之病。〔註 37〕劉克莊審視蘇軾的字，並非一味地以書法的技巧爲依歸，他考量到作家的年齡，撰寫的時間，甚至以書寫的內容作爲解釋，試圖還原當時的狀態以及揣想蘇軾的心理，藉以確定爲蘇字無疑。另外，蘇軾〈石鍾山記〉墨跡並未傳世，劉克莊得以親睹蘇軾墨跡，並給予其評價，在〈跋鄭子善通守諸帖·坡公石鍾山記〉中提及：

> 坡公此記，議論天下之名言也，筆力天下之至文也，楷法天下之妙畫也。……余平生閱坡字多矣，此卷當爲楷書第一。（《後村先生大全集》卷 110，頁 958）

據蘇軾傳世的楷書作品，頗有顏眞卿之風，雖筆畫同是粗大健勁，但蘇字在筆力和楷法上更富雅致逸趣，能凸顯自己的風格。〔註 38〕劉克莊此跋重心在〈石鍾山記〉中所述石、水、風相搏聲之源由，未細論此帖書法的形式規模，但他評爲蘇字楷書第一，由其他楷法作品，或可略見其規模。

2、米芾的書法

　　米芾行書主要是以晉人的風韻爲根基，又參以李北海（李邕）、顏平原（顏眞卿），以及沈傳師（769～827）、徐季海（703～782）等唐代行書大家之優而成就個人風貌。其行草深得王子敬（王獻之）筆意。剛健端莊之中，而有婀娜流麗之態。蘇軾謂其超邁入神。其書多爲行草，而皆從眞楷中來，故落筆不苟。點畫所至，深有意態。自言學書貴弄翰，把筆輕，自心手虛，振迅天眞出於意外。其次要得筆意，謂骨筋皮肉，脂澤風神，皆欲具全。又自謂其殊爲刷字，當是言其運筆之迅爽。除了飄逸風流的特色之外，更勝其他宋

〔註37〕石峻：《書畫論稿》（台北：華正書局，1982 年 10 月），頁 76。
〔註38〕蔡崇名：《宋四家書法析論》（台北：華正書局，1992 年 10 月），頁 117。

人行書之處，是收筆出勾之，多用碑版筆力，於是厚重沈著顯而易見。〔註39〕

劉克莊對於米芾的書法是很欣賞的，認爲他的筆法出凡超詣，已經脫離了所有拘束的藩籬，是爲宋人書法寫意的高度表現，他評論米芾的作品〈跋米元章焦山銘〉即云：「米老此銘不獨筆法超詣，文亦清拔，想見揮毫時神遊八極，眼空四海。」（《後村先生大全集》卷 99，頁 857）講究的不是書法的技巧問題，已經達到物我兩忘的境界，其評「神遊八極，眼空四海」，更是將老莊「超然」的思維理念，轉化爲藝術領域的高度追求。然而，劉克莊並不贊同後生晚輩學習米芾的書法，在〈跋米元章帖〉提及：

> 米老字畫極奇崛，詩文不陳腐。……然爲人矜誕，遂有顛名。余嘗評其詞翰，要是世俗詭異之觀，非天地沖和之氣也。學者當以歐文、蔡字爲師。（《後村先生大全集》卷 104，頁 903）

對於書家作家的個性品德，也是評論的要素之一。米芾素有「米顛」之稱，個性放蕩不羈、狂誕自傲，更有傳說米芾善於臨摹，常借他人的眞跡以假易眞，劉克莊認爲這是一種人格上的缺點，是會連帶到文學藝術作品上的。然而，米芾與其子米友仁（1074～1153）在宋代藝術界的貢獻，絕對不容抹滅，父子二人在書畫的表現上，正代表著宋人以自我爲中心的藝術特色，無論是點畫、結字、佈局，還是運筆、用墨都充分發揮了一個「氣」字，〔註40〕雖說劉克莊評以「非天地沖和之氣」，但這正是藝術家沒有辦法被侷限的精神展現。

3、蔡襄的書法

蔡襄書法初學周越（？），後出入顏眞卿、虞世南、王羲之，能自闢蹊徑，眞行簡札甚秀麗，草書自謂得蘇舜元的屋漏法，〔註41〕特別是他的行書以和平蘊藉爲時所重。然而，蔡襄也有較負面評價，米芾認爲蔡襄的字有少年女子的味道，字體偏體態嬌嬈，多飾繁華。蔡襄的字確有妍麗鉛華的味道，較少剛健瀟灑的的氣勢，但也因此顯得較有溫和的韻味，蘇軾便極力讚賞蔡襄，他認爲蔡襄是天資與學習並重的名家，字體變態無窮，可稱爲本朝第一。

劉克莊對於蔡襄的書法也極力讚賞，他〈跋蔡端明臨眞草千文〉中云：「忠惠蔡公書法爲本朝第一。」（《後村先生大全集》卷 101，頁 878）與蘇軾同樣認

〔註39〕 此段綜合參校張光賓：《中華書法史》，頁 205～206，和陳雲君《中國書法史論》（北京：人民日報出版社，1987 年 11 月），頁 187。

〔註40〕 陳雲君《中國書法史論》，頁 188。

〔註41〕 張光賓：《中華書法史》，頁 202。

為蔡襄書法為宋朝第一。蔡襄較宋人重視傳統法度，在楷法上偏於遵古，﹝註42﹞劉克莊〈跋蔡公十帖〉提及：「公於八法無所不學，如鍾紹京、歸登輩皆嘗習玩，所以書為本朝第一。」（《後村先生大全集》卷 107，頁 927）然而，他並非墨守成規，只是在學習上必須取法眾家，再形成自己的風格，他的字也往往各有情態，在〈跋蔡端明書唐人詩帖〉敘及蔡襄書寫唐人詩歌的字帖，可以看出他的想法：

> 劉詩二十八字，濃墨淋漓，固作大字常法。及李詩則筆漸瘦，墨漸淡；至牧詩愈瘦愈淡，然間架位置，端勁秀麗，與濃墨淋漓者不少異，在書家惟公能之。（《後村先生大全集》卷 102，頁 882）

以墨色濃淡映瘦表現每個字獨特的意境，而在結構上仍保持秀麗典雅、端勁有致的規矩，這與他學書的歷程有很大的關係，因此，劉克莊在〈跋蔡公書朝賢送行詩序〉亦云：

> 余聞古之善書者，由楷以入行草，非由行草而入楷也。義、獻、虞、褚皆然。本朝惟蔡公備此能事，米無楷字。蓋行草易而楷難，蓋藏帖之家有贗米無贗蔡。（《後村先生大全集》卷 105，頁 913～914）

習字由穩重、妥貼的楷書入門，待掌握字體的基礎架構以及運筆方法之後，進而學習較富個人意趣的行書、草書。蔡襄與唐代諸大家，在習字的入門取徑是一致的，因此能夠藉由楷體的熟稔而掌握各種書體字形，劉克莊更以米芾相較，指出正確的習字方法，才能夠真正擁有屬於自己且他人臨仿不得的意境。

4、蘇舜元、蘇舜欽兄弟書法

蘇舜元（1006～1054），字才翁，為蘇易簡之孫，善草書，弟蘇舜欽（1008～1048）所不能及。蘇舜欽，字子美，舜元之弟，工行草書。﹝註 43﹞兄第二人草書皆為當時所稱，劉克莊在〈跋蘇才翁子美帖〉即云：「二蘇書實為本朝破荒。才翁錄呂丞相事，筆力追王子敬，下視張長史，字在紙上，乃欲飛動。」（《後村先生大全集》卷 104，頁 902）二蘇以王獻之、張旭為師法對象，故其行草高妙且能致其筆意。他們的特色在於妙簡，這是草書基本特質，在〈聽蛙方氏帖·跋蘇才翁二帖〉：「書家謂才翁筆簡，惟簡故妙。」（《後村先生大全集》卷 102，頁 881）以前人的評論為根據，劉克莊掌握到二蘇字的特質，當他進行審美批評時更有所本。

﹝註42﹞蔣文光：《中國書法史》，頁 218。
﹝註43﹞祝嘉：《書學史》（上海：上海書局，1990 年 12 月），頁 264～265。

此外，蘇舜元、蘇舜欽猶有高下之分，劉克莊在〈跋蘇才翁二帖〉云：

> 才翁兄弟皆以書名，然裕陵尤重才翁而抑子美。今觀才翁帖，自負
> 得二王意，謂子美有懷素風爾，乃知裕陵聖鑑之爲確論。(《後村先
> 生大全集》卷110，頁956)

二蘇皆有書名，然而宋神宗較喜愛蘇舜元得自二王筆法的字體，事實上，宋
代的書字也較傾向於二王，因此較爲當世所重。然而，相傳蘇舜欽臨補懷素
的草書墨跡〈自敍帖〉，其筆法與原跡極爲相似，足見子美的草書功力絕對值
得稱賞，只因不甚符合當時的審美趨勢，故未有較高的評價。

5、陳宓的書法

陳宓，字師復，號復齋。《西山題跋》：「復齋之字，森嚴清勁，見者便如
端人正士之在前，尤當凜然興敬也。」〔註44〕真德秀對陳宓的評價頗高，認
爲他的書法嚴謹，且有清勁之氣。劉克莊與陳宓也有往來，十分清楚陳宓的
書學歷程，他在〈跋卓君景福臨淳化集帖〉中云：

> 近歲二陳出焉，崇清宜大字，愈大愈奇；復齋字可至二三尺，而小
> 楷行草端勁秀麗在崇清上，寸紙流落，人爭保藏。至今後生筆結字
> 運筆，十人中九作復齋體。然復齋本學歐陽，後謂余曰：「少時實師
> 《九成宮記》，今五六十矣，當向上作工夫，豈必尚寄率更籬下耶！」
> (《後村先生大全集》卷101，頁873)

陳宓初學歐陽詢，因此有唐人謹嚴法度之風，而後能脫離定法，追尋自己的
風格，這是宋人翰墨的特色。陳宓由楷書轉而稍放縱，故有清麗切勁的筆意，
劉克莊觀覽並評論他的墨跡，是有一段轉變的歷程，在〈跋鄭南恩家陳復齋
遺墨〉，劉克莊評價即云：「故凡與人書疏，行草尤妙，有二王筆意。」(《後
村先生大全集》卷110，頁965) 由唐楷的拘謹，轉向晉人二王的逸態，實是
宋代優秀書家的普遍特色。

劉克莊得以藉朋友以及自己的蒐藏觀覽歷代書法作品，其中蘇軾、米芾、
蔡襄的論述頗多，更延伸至南宋的陳宓，他具備豐富的書法史論與藝術鑑賞
能力，憑著對書家的理解以及書字本身的形構筆勢，能夠掌握到名家的神韻，
且給予適切的評論。書法藝術時至南宋，是綜合前朝各代精華並轉變突破，
其以「法度」爲基礎，以「個人寫意」爲歸趨的一種極致發展，是宋代書家

〔註44〕〔宋〕真德秀：《西山題跋》(台北：廣文書局，1971年12月)，頁9。

普遍趨勢，也代表宋型文化在書法領域的發展模式。雖然，劉克莊序跋文是以較爲主觀式的評述，但這代表著一個當代傑出文學家與藝術家鑑賞家結合的理論基礎，或更可以得知南宋書法藝術的發展趨勢。

二、繪畫的藝術審美觀點

宋代繪畫的發展，據俞劍華〈中國繪畫之起源與動向〉所述，處於「純熟而至轉變」的兩個時期，所有畫法均已定論完熟，再由完熟的絢爛、工細、色彩轉變爲平淡、寫意以及水墨點染式的境界追求。〔註45〕政府創立畫院與民間文人畫的雙頭並進，對於藝術形式的推展有相當的成就，宋人不僅承繼隋唐五代以來的畫風，更加深意境層次的修養，在畫題、畫風上都有顯著地擴展，呈現出宋人獨特的藝術風貌，他們所追求的終極目標在「外師造化」和「內法心源」的兩個方向上，超越兩者對立而存在，其能夠極致地發展寫實的畫風，同時也步趨於反寫實的境界，當時的畫家，有知性的造形，也有詩情的傾向，既能重視且致力於眞實形象的描寫，也能注重筆墨，表現物像的神趣以及內心的情感。〔註46〕劉克莊在序跋文當中所論及的繪畫觀點不多，另外也沒有繪畫理論專著，鑑賞過的畫作不如郭熙（1023～1085）、郭若虛（？）、鄧椿（？）等人，但他評論幾位當時具有相當影響力的畫家，以及他對於畫作內容的掌握，足以代表他對於宋代繪畫觀念，具備了時代意義與理論意義。

（一）對單一畫題畫家的論述

劉克莊在〈跋花光補之梅〉說道：「畫之至者不兩能，花光補之專爲梅花寫眞，所以妙天下。文湖州於竹，李伯時於馬，皆然。今畫者無所不畫，既不能皆工，歸於皆拙而已。詩與文亦然。」（《後村先生大全集》卷105，頁913）〔註47〕宋代畫家有不少是以單一畫題著名的，引文中提及花光和尚〔註48〕、楊補之善墨梅，文同善畫竹，李公麟善畫馬，各家各有所長，然而單一畫題著稱的畫家不僅如此，特別是這些畫家也不只擅長於某一種主

〔註45〕黃賓虹等編著：《中國書畫論集》（台北：華正書局，1986年4月），頁52。
〔註46〕莊伯和：《中國繪畫史綱》（台北：幼獅文化，1987年6月），頁148。
〔註47〕〔宋〕劉克莊：《後村先生大全集·跋花光補之梅》卷105，頁913。首「畫」字據《全宋文》卷7582〈跋花光補之梅〉註〔一〕增補。
〔註48〕仲仁（？～？），號華光長老、華光道人，北宋僧人，故稱「華光和尚」，約與黃庭堅同時，以墨梅聞名。其名或作「花光和尚」。

題，劉克莊所著重的，是畫家在單一畫題上的深刻工夫，序跋文中提及不少
以單一畫題聞名的畫家，可惜的是實際論述他們的畫風技巧並不多，故茲舉
跋文中提及次數較多的李公麟與楊補之論述。

1、李公麟

李公麟（1041～1106），字伯時，號龍眠山人。唐朝以來繪畫莊嚴燦爛的
色彩形式漸失，畫家多注意筆墨之趣，然而墨線繪畫不上色彩，在唐代已有。
白描人物之興，以北宋李公麟為之首，他掃去粉黛，追求高雅清淡之姿，無
一毫烟火氣，可謂古今絕藝。宋畫家至李公麟始脫吳道子的藩籬，成為一代
的代表畫家。〔註49〕劉克莊〈跋李伯時羅漢〉記載著：

> 前世名畫如顧、陸、吳道子輩，皆不能不著色，故例以丹青二字目
> 畫家。至龍眠始掃去粉黛，淡毫輕墨，高雅超詣，譬如幽人勝士褐
> 衣草履，居然簡遠，固不假袞繡蟬冕為重也。（《後村先生大全集》
> 卷 99，頁 858）

劉克莊觀察到李公麟以墨的濃淡作畫，除去色彩的技巧，以簡淡的風格取代
奢華濃豔。宋代水墨人物一般以墨線描繪物象，墨本身分濃、淡、較濃、較
淡、更濃、更淡，其單一顏色分散開來，有複雜的色調層次，即「墨分五彩」。
李公麟掌握了墨彩技巧，並改造中唐的圓潤用筆，淘汰「磊落揮霍」的風貌。
〔註50〕特別是在人物的精神刻畫上，表現了又流麗又謹嚴而又具有強力的線
條之美。另外〈跋龍眠畫四天王〉：

> 自古至今，畫神鬼者多矣，唐惟一道子、本朝為一伯時入神品，他
> 名筆皆不逮。孟芳此軸當得之福唐官所，故家物也。其畫天王大神
> 通、大威猛之狀，與夫侍女之妍，將吏之武，兵械之盛，不施丹繪
> 而縈映巧妙，變化恍惚，觀者莫知其作如何下筆。（《後村先生大全
> 集》卷 107，頁 932）

劉克莊讚許李公麟畫中人物神態各有其致，以墨的濃淡表現變化多端的樣式，
對於外貌的描繪，他概括和集中建立起來的真實、生動而又美的形象，〔註51〕
雖以六朝顧愷之（334～405）、陸探微（？～485）為作畫標準，但其少了呆板

〔註49〕 俞崑：《中國繪畫史》（台北：華正書局，1984 年 1 月），頁 185。
〔註50〕 徐琛、張朝暉：《中國繪畫史》（台北：文津出版社，1996 年 10 月），頁 176
　　　 ～177。
〔註51〕 傅抱石：《中國的人物畫和山水畫附題款研究》（台北：華正書局，1987 年 4
　　　 月），頁 21。

之味，線型以吳道子（680～759）線型爲骨幹，改變了唐法縱橫當風豪邁的氣息，吸收緊勁且多變的特色，創造了既斂而放、生而熟、含蓄而剛勁的線型，充分表現了文人畫特色。〔註52〕正如劉克莊所說「莫知其作如何下筆」。另外，畫馬也是李公麟爲後人所稱道的，傳說他師法唐人韓幹（706～783），故在馬畫上有所傳承也有所改造，二人畫馬也各有其特色，〈跋伯時臨韓幹馬〉中云：

> 或言伯時畫以紙不以絹，以墨不以丹青，而此用絹或著色，何也？
> 余曰：臨韓幹馬，欲其肖幹，若用素紙，不出色，是伯時馬也，豈
> 曰韓幹馬哉？（《後村先生大全集》卷102，頁884）

此跋文敘述李公麟臨摹韓幹馬畫，特以絹著色而更似韓幹，表現出不同於自己的另一種風格。然而李公麟以澄心堂紙作畫，目的是在藉此能達到墨線粗細曲折的效果，這是他在宋時作畫的一個重大突破。劉克莊了解李公麟的畫作是以墨表現馬的形貌狀態，能展現出宋人馬畫勻稱與生動的意境，與韓幹的馬畫不同，其以絹著色，凸顯唐人濃豔碩實的特質。他的序跋文當中，雖僅從畫紙的素材論述，但也顯示出唐宋兩個時代針對相同物像的差異，儘管具有師從關係，但李公麟所表現的宋畫追求意境美感的特質是十分強烈的。

2、楊無咎

楊無咎（1097～1171），字補之，號逃禪老人，以墨梅盛名，師法北宋墨梅畫家華光和尚。從他的畫來看，既不是工整的匠氣，也不是豪放的風貌，他講求瀟灑、清高，不同意無微不至的描繪方式，也反對狂縱不經的畫法。他主張幽靜的、斯文的、談言微中的情意，於筆的灑脫與墨的點染中，作寫實的工夫，營造畫意與詩情的結合。〔註53〕楊補之是墨梅的能手，劉克莊的序跋文中僅有提到以梅花爲主題的作品，他聯繫了華光和尚與楊補之作品的傳承與差異，並論述其特色，〈跋花光梅〉即云：

> 見楊補之梅花障子，其枝幹蒼老如鐵石，其葩蘤芳敷如玉雪，信乎
> 名不虛得也。……蓋補之畫梅花尤宜巨軸。花光則不然，直以矮紙
> 稀筆作半枝數朵，而盡畫梅之能事。（《後村先生大全集》卷 107，
> 頁 932）

花光以深淺不同的墨色，暈染花朵以外的背景，因而使梅花顯示在不同的墨色層次上，他利用暈染畫面的技法，主要是藉著畫題輪廓以外的背景，以顯

〔註52〕徐琛、張朝暉：《中國繪畫史》，頁 179。
〔註53〕謝稚柳：《水墨畫》（台北：華正書局，1990 年 4 月），頁 123。

示主題的重要性，用中國畫史上傳統的名詞，稱之為「墨暈法」；而枝幹的線條表現，他以多節老幹的鱗皴寒枝為主，故顯得曲折挺拔。〔註 54〕這些都是脫胎於宋代山水畫與花鳥畫的技法，楊補之繼承這種畫法，故墨梅枝幹蒼勁如鐵，有清拔的氣勢，梅花以墨點暈而成，故如玉雪，由這種描繪的方式，結合筆勢和墨彩，目的在能夠表現出梅的意韻，也顯示宋人畫作的最高原則，因此，墨梅畫到了楊補之已經達到了最高的成就。

　　尚有許多以單一畫題而受封賞的畫家，在劉克莊的跋文中也略有論述，篇幅較為短小，難以得知在劉克莊的觀點中畫家的整體風貌，然而畫家擅長的畫題，以及當時受在位者的重視程度，他在〈跋戴崧牛〉表示個人的看法：

> 曹霸、韓幹以畫馬遇開元天子，崔白以工翎毛待詔熙寧，易元吉以
> 畫猿蒙光堯賜詩。戴牛雖妙，乃未為人主賞識，若非吾輩田舍漢，
> 殆無人領略此黑牡丹也。（《後村先生大全集》卷 102，頁 884）

又〈跋陳公儲作山龍自跋詩皆精妙戲題其後〉云：

> 伯時馬，公儲龍。追列缺，挈空濛。挾電蛋，驅雷風。裂石出，與
> 天通。藝雖工，命則窮。（《後村先生大全集》卷 108，頁 942）

唐人曹霸（704～770）、韓幹善畫馬，北宋崔白（？）善畫鳥羽，易元吉（？）善畫猿猴，這些畫家因單一畫題的傑出成就，得到天子的賞賜或官職，這足以代表當時對於藝術創作的重視，然而不免也有不得其志的，戴崧善於畫牛卻不被重用，劉克莊也因自己地位低下不能為其推薦而感嘆。另外，他對於李公麟畫馬、陳公儲（？）畫龍的神韻精髓，以雷電崩天形容，更增添了畫作的韻味。

（二）對畫中人物神態的描繪

　　宋代人物畫特別注重神態的描繪，其以水墨表現人的外型，運用「白描」的手法，主要在凸顯人物的意蘊氣質。若以道釋人物的題材來說，為了適應客觀的需要，還是有相當數量的製作，比起唐代已經少了許多，但多數都已中國化、真實化、生活化，創造出當時人民所喜愛的新的形象。人物畫的另一個特徵，是多數傑出的畫家重視人們現實社會風俗、生活的描寫。〔註 55〕劉克莊序跋文當中敘述畫中的人物情態，栩栩如生，或由周遭環境表現人與物結合的美感，或寫人物坐臥行止，各種生動的姿態，表現出畫作的情感。〈跋

〔註 54〕莊申：《中國畫史研究續集》（台北：正中書局，1974 年 10 月），頁 384～388。
〔註 55〕傅抱石：《中國的人物畫和山水畫附題款研究》，頁 17～18。

馬和之覓句圖〉即有鮮明的特色：

> 夜闌漏盡，凍鶴先睡，蒼頭奴屈兩骸，煨殘火。此翁方假寐冥搜，
> 前有缺唇瓦瓶，貯梅花一枝，豈非極天下苦硬之人，然後能道極天
> 下秀傑之句耶！（《後村先生大全集》卷102，頁888）

馬和之（？）是南宋畫家，善畫人物、佛像、山水，被喻為畫院之首。劉克莊以細膩的文字刻鏤畫中場景，抓住畫家所欲呈現的特色景物，特別是骨瘦如柴的蒼髮老奴屈著身子依偎在殘餘的火爐旁，主人家閉眼思索，前頭的缺唇瓦瓶插上梅花一枝，動靜雅俗透過文字的表現，使讀跋文者如觀覽其畫一般。劉克莊以文字展現畫中人物的精彩神態，在寥寥數語之中，即可表現出畫作的神髓。另一幅畫作中，跋文對於三位僧人渡水時神態的描繪也十分細膩，在〈跋王摩詰渡水羅漢〉云：

> 世畫渡水僧，或乘龍，或履龜黿，類多詭怪恍惚，不近人情。今最
> 後一僧先登於岸，雖目視雲際孤鶴，然脫衣坐磐石上，欠伸垂足，
> 若休其勞苦者。前一僧未渡纔數寸淺水，而中一僧乃倒錫杖以援之。
> （《後村先生大全集》卷102，頁885）

三位僧人的動作神態透過文字活化起來，第一位僧人遠望雲端野鶴，又寬衣欠身垂足於磐石之上，除了繪畫實景的敘述之外，更表現出人與景交合的空靈感受；第二位與第三位僧人渡河景象是結合在一起的，其以錫杖相互扶持，更增添了畫面中的動態感。除了這些人物風景畫之外，特別值得提及的，是對於自己畫像的描繪，〈庚戌寫眞贈徐生〉云：

> 今徐生狀余，極維摩詰之病、屈大夫之悴、壺丘子之怪、哀駘駝之
> 醜，疑似矣而卒不似。（《後村先生大全集》卷106，頁920）

這段文字可以看出劉克莊對於人物畫是著重在韻味上的感觸，王維的病態、屈原的憔悴、壺丘子的怪誕、哀駘駝的醜貌，雖是怪病奇狀，卻是引用了賢人或達觀之士作為這些姿態的表現者，也可以說劉克莊在晚年對於生命情態的感受。宋代文人畫重視情態，無論是李公麟或吳道子，這些代表畫家無不都透過人物畫而展現文人畫的基礎特質，他們繼承蘇軾文人畫的理論，更結合漢魏晉傳統的畫風，是所謂「天工與清新」的意境，〔註56〕超越了南北宋時代的藩籬，可以說是繪畫技法上突破的　股先聲。

　　劉克莊的跋文中的繪畫評論是他藝術文化涵養的展現，以寥寥數語概括

〔註56〕徐琛、張朝暉：《中國繪畫史》，頁178。

對繪畫的理解與評價，透過精簡的文字敘述，可知他獨到的眼光以及宋代品題畫作的觀點與趨勢。中國繪畫發展至兩宋，各種畫法也已經發展到了極致，取而代之的是「轉變」的潮流，〔註57〕而在這個改變的過渡當中，劉克莊對於繪畫的見解評論，正是在透露出宋代繪畫轉變的一股動力。

三、繪畫作品與字帖的考辨

關於書畫字帖考辨的跋文中，可以看出劉克莊在藝術方面的博覽，他可以透過科學方法的論證，歷史史實的配合，以及對於各名家的畫風、書字的神韻領略，試圖以個人的學識與眼光，來判斷作品的真偽以及考辨各書畫字帖作品的價值，細究他的跋文，不僅是在展現個人的文化水準外，更對後世考察南宋藝術作品的探究，有實質的助益。

劉克莊並非書畫家也不是專業的評論鑑賞家，然而，在〈跋鄭子善通守數帖・總跋〉則論及他曾在端平年間與鄭伯昌、真仁夫二人交遊，二人拿出數十軸書畫請劉克莊鑑賞，半天的時間完成了數十幅書畫的跋文，除了獲得兩位友人的激賞，甚至連真德秀也稱賞不已。〔註58〕劉克莊跋文中雖說得含蓄，但他對於書畫字帖的鑑賞工夫，有相當的自信，也有一定的水準的。

（一）依字畫作品內容考辨

所謂字帖書畫的內容包含：畫上的跋文、題款以及畫中的物象；字帖則逕由文字敘述判斷。劉克莊根據這些文字敘述進行客觀性的評斷，試圖推論出創作的時間，甚至作品本身的真偽，然而，這必須倚賴各方面的學識經驗，方能有較為客觀且正確的結論。

他曾經以果實成熟的月份作為判斷寫作時間的準據，如〈聽蛙方氏帖・跋蔡端明帖〉中：

> 蔡公詩云「荔枝纔似小青梅」，蓋四月初作。四月未有荔枝，所謂似小青梅者，乃一種早荔，名火山，亦有佳品，熟以五月間，人不以為貴也。（《後村先生大全集》卷102，頁880）

〔註57〕 俞劍華：〈中國繪畫之起源與動向〉收錄於黃賓虹等編著：《中國書畫論集》（台北：華正書局，1986年4月），頁52。

〔註58〕 〔宋〕劉克莊〈跋鄭子善通守數帖・總跋〉：「伯昌與真公子仁夫各出篋中書畫俾余鑑定，余非博識者，二人更相旁謀，余伏艎板操觚，半日間了數十軸，真公見之稱善。」《後村先生大全集》卷110，頁959。

在荔枝尚未成熟而且樣貌如「小青梅」的時節，他推測「小青梅」是一種較早成熟的荔枝別種，約在五月間成熟，因此，認為蔡襄所書「荔枝纔似小青梅」一語，當作於四月初。這種考據方法雖非極精確，但作為判斷依據也頗具說服力，再者，毫無其他線索的情形下，這也不失為別出心裁的思考方法。

另外，「訪查」也是劉克莊考證字帖內容很重要的方法，在〈跋蔡端明書唐人詩帖〉他提及：

> 後題：「慶曆五年季冬二十有九日，甘棠院飲散，偶作新字。」是歲公年三十五，以右正言、直史館知福州。初疑甘棠院在何處，而歲除前一日觴客結字其間，後訪知院在郡圃會稽亭之後。〔註59〕（《後村先生大全集》卷102，頁882）

雖帖末署上寫作日期，但劉克莊著墨於寫作地點，既然已經是歲末除夕，蔡襄為何又宴客酣飲並以文記之呢？而「甘堂院」又在何處呢？經過實際訪查後，得知甘堂院在蔡襄辦公住宅附近的會稽亭，由寫作地點與時間相互印證，可以證實此帖真實不偽。對於這些細部的探究，可以看出劉克莊十分細膩的態度。

劉克莊擁有深厚的史學基礎，這個特質在論述他的家世背景中已經提及，因此，對於以歷史知識考究書帖內容，也時常出現在他的跋文當中，〈跋韓致光帖〉對晚唐詩人韓偓「不敢入朝」和「南依王審知」二事的辯誣，就是很典型的例子：

> 史言天祐二年復召為學士，偓不敢入朝，挈其族南依王審知。按天祐二年弒昭立哀，政出朱氏，尚能召致光還禁林耶？謂不敢入朝，得其實矣。至謂依審知，然審知據福唐，致光乃居南安，曷嘗遂依之乎？〔註60〕（《後村先生大全集》卷102，頁883～884）

劉克莊考究史書記載的訛誤，以韓偓文集為依據，推論史書謂韓偓「不敢入朝」在時間和個人的氣節個性頗不相合，朱溫曾因荐官之事將韓偓驅出京城，

〔註59〕〔宋〕劉克莊：《後村先生大全集・跋蔡端明書唐人詩帖》卷102，頁882。案《全宋文》卷7576〈跋蔡端明書唐人詩帖〉附註〔一〕云：「自『是歲』至文末，原誤入〈跋韓致光帖〉，而此處又誤繫前文〈跋劉原父陳述古帖〉『帖纔四十字』以下文字，茲據四庫本及《後村題跋》刪補。」故此段文字以《全宋文》所收錄文字為主。

〔註60〕〔宋〕劉克莊：《後村先生大全集・跋蔡端明帖》卷102，頁883～884。案《全宋文》卷7577〈跋韓致光帖〉附註〔一〕云：「自『夫亂處世』至文末凡三百餘字，原誤繫〈跋劉原父陳述古帖〉後，又脫此前『士大』二字，茲據四庫本及《後村題跋》乙補。」故此段文字以《全宋文》所收錄文字為主。

而後又欲加快他奪權的合理性，便又召韓偓入朝，韓偓不願侍奉二主，因此已經舉族遷居福州一地。後又有「南依王審知」一事，劉克莊認為此事更是妄說：朱溫篡唐之後，王審知受封為閩王，王審知亟欲拉攏中原避難至此的賢士，因此設立了福州招賢館，韓偓不願受此寵遇，再度離開福州遷居南安。劉克莊對於韓偓二事的考證，是對於忠君愛國之士的肯定，此篇跋文末也提及「烏呼！以致光晚歲大節如此而世徒以其少作疵之，故曰君子不可不早有譽於天下也。」韓偓早年多香奩體詩的創作，想必與他的家世背景或逃避晚唐亂士的密切的關係，劉克莊以史書不重韓偓之事，是十分嘆惋的。

劉克莊的跋文中較少關涉畫作真偽或作者考辨的論述，判斷標準和方法也隨著作品的不同而有所差異，繪畫的跋文較多是藝術欣賞的評論或畫家與收藏家的感懷描述，但是，在實際進行考證的跋文中，在〈跋伯時臨韓幹馬〉中，劉克莊有他個人的見解：

> 此畫元中題老杜讚于前，伯時自跋其後。元中小楷有名，伯時行書間見，諸帖參校，與此軸字無少異，字真則畫真矣。或言伯時畫以紙不以絹，以墨不以丹青，而此用絹又著色，何也？余曰：臨韓幹馬，欲其肖幹，若用素紙，不出色，是伯時馬也，豈曰韓幹馬哉？
> （《後村先生大全集》卷 102，頁 884）

劉克莊由兩個面向切入：一是畫上的跋文，他參校李公麟行書字帖，其中差異甚小，故可推知。接著提出李公麟為仿效韓幹畫馬，故以絹帛丹青作畫，而不是慣用的素紙墨畫為論點，亦足以證實這幅畫為真跡無誤。劉克莊超出圖畫本身以外的考證，以相關訊息證明畫者，他又充分理解李公麟的畫風以及作畫意圖，掌握「臨」韓幹馬畫的創作方式，皆不無道理。另外，劉克莊也有連續兩篇論述同一畫作的跋文，因考證出畫作作者，故再補上一篇說明。前篇重在對畫作內容物象的描繪，但對於畫家頗不確定，在〈跋楊通老移居圖〉就有這樣的狀況，他說：「不知通老乃畫師歟，或即卷中之人歟？本朝處士魏野有亭榭，林逋無妻子，惟楊朴最貧而有累，恐是畫朴，但朴字契玄，不字通老，當訪諸博識者。」（《後村先生大全集》卷 102，頁 888）日後偶然翻閱楊朴的詩文集，因而從詩文當中的記錄與畫中的物象相互比對，得以釐清此圖畫家，因此〈又題楊通老移居圖〉及云：

> 余既書此跋，明日偶翻故紙，得朴集，洛人臧逋為序，言其琴酒自娛，李翰林淑表墓，言其好方藥。又朴絕句云：「一壺村酒膠牙酸，

十數胡皴徹骨乾。隨著四（浦女）群子後，杖頭掃去賽鼇官。」……

凡集內所載與卷內物色皆合。（《後村先生大全集》卷102，頁888）

劉克莊從臧逋對於楊朴生活以琴酒自樂的描繪，李淑撰寫墓表敘述其喜好方藥之事，再加上詩歌中對自己日常的寫照，綜合幾項線索，比照圖畫中的人物情態以及景物的陳列，藉以證實此圖正是楊朴所畫，更是對自己遷居時的生活寫生，極富真實的情感。

（二）依字帖形式的考辨

字帖的形式考辨重在字帖的墨色、字體的粗細、字數、行數以及所使用的紙質等等，針對外在直接可及的部分作判斷。何碧琪在〈國立故宮博物院藏〈淳化祖帖〉研究〉中有這樣一段文字：「在帖學的研究方法學上，除倚賴文獻、鑒藏章等旁證，及字畫粗細、拓本紙墨等印象式的分析外，本文嘗試從拓本本身，根據拓本的具體特徵，以斷行、字畫處理等異同，分辨《閣帖》的系統，並以帖文存缺多少（帖、行、字的比較）判斷版本時代的早晚。」〔註61〕以上述的研究方法比照劉克莊在考證諸帖跋文的內容，有許多相似處，姑且不論時代的間隔對作品產生的變異，劉克莊跋文的考據方法的確有他傑出且具科學性的成就。

劉克莊對《淳化秘閣法帖》的著墨甚多，在跋文中他一律稱為《閣帖》。此本刊刻於宋太宗淳化三年，太宗命王著甄選摹勒上石，雖說是摹勒於石上，實乃鑴刻於棗木之上，〔註62〕刻本使用澄心堂紙和李廷珪墨精拓而成，之後又陸續刊行了翻刻本和增補本，因此，便有《潭帖》、《絳帖》、《大觀帖》、《汝帖》、《淳熙秘閣續帖》等。〔註63〕《閣帖》出現以後，直接影響宋代以後近一千多年注重帖的風氣，也為官方或私人刻帖成書開創了風氣，到了南宋，其風更甚。〔註64〕以下將分別論述劉克莊對於《閣帖》的考辨，由此便可以得知他在帖學此一領域的成就。

首先，劉克莊在〈跋閣帖〉中以條列方式，闡述判斷《閣帖》真偽的幾項依據：

〔註61〕 何碧琪：〈國立故宮博物院藏〈淳化祖帖〉研究〉收錄於《故宮學術季刊》第21卷第4期2004年夏，頁78。

〔註62〕 王壯弘：《帖學舉要》（上海：上海書畫，1987年1月），頁1。

〔註63〕 馮振凱《中國書法史》，頁150。

〔註64〕 蔣文光：《中國書法史》，頁206～207。

> 真帖可辨者有數條：墨色，一也；他本刊卷數在上，板數在下，惟
> 此本卷數板數字皆相連屬，二也；他本行數字，比帖字小而瘦，此
> 本行數字，比帖中字皆大而濃，三也；余所得江東本每板皆全，紙
> 無接黏處，一部十卷，無一板不與汪氏所記合，乃知昔人裝背之際，
> 寧使每板行數或多或寡，而不肯翦截湊合者，欲存舊帖之真面目，
> 四也。（《後村先生大全集》卷105，頁907）

劉克莊經過幾十年的蒐羅，收集了《閣帖》數卷，他依循前人對真跡的敘述，比對其他增補本或翻刻本，加以整理了四項分辨的準則，分別是墨色濃淡、卷數板數的標記位置、數字的墨色較濃且較帖文的字體大最後是每個板面都完整無缺，欲保留最原始的面貌。他運用了個人閱覽的經驗加上前人說法，對於時人競收贗本而相誇不已的情況尤有深刻的感慨，因此跋文末更云：「贗帖惑人多矣，余之說傳，贗帖息而真帖出，不亦書畫家之一快乎！」他有意於導正當時《閣帖》真偽現象的混亂，因此，對於其他諸本內容真偽或訛誤情況的考辨，也相當有見地，故〈跋鄭子善通守諸帖‧淳化帖〉云：

> 《閣帖》止十卷，惟《絳帖》二十卷。此十卷剪截之餘，猶有「日
> 月光天德願上登封書」，缺「封」字，九字隱隱可辨，蓋《絳帖》別
> 本，失去其半。今題云「淳化帖」，誤矣。（《後村先生大全集》卷
> 110，頁957）

劉克莊認為此本所謂《淳化帖》應該是《絳帖》截裁成十卷後的版本，其上書有「日月光天德願上登封書」等字，他推論此當不為《閣帖》所有，對於帖本上題為「淳化帖」提出質疑。然而，如〈跋鄭子善絳帖〉中有不甚確定的考證，他也採取了保留的說法：

> 以余所藏〈古絳〉參校，無一點一畫互異，行數疏密、裂刓闊狹處
> 皆合，其為真〈絳〉無疑。惟晉王廙書，余本自「〔女更〕何如」以
> 下始裂四行，此本自「七月十三日」以後先裂三行，則不可曉，豈
> 余本未裂時所印耶？（《後村先生大全集》卷110，頁960）

儘管透過比對，兩本的字體和編排方式幾乎沒有差異，但皸裂的地方略有不同，劉克莊並不妄下斷語，對於所鑑賞的《絳帖》是否為真跡，保持著懷疑的態度。他在考證上細緻如此，若非完全相同，則必須考慮其他的可能性，在一些不全然確定的作品跋文中，也是以相同的態度，如〈跋鄭子善通守諸帖‧法帖第九卷〉：

> 此帖摹刻精妙，紙墨皆北碑，然經淳化及元祐、大觀本比對皆不合。
> 它帖板數次第皆列於逐板之前，此帖如第一、第二皆列於其頂。相
> 傳元祐諸王借閣本翻開，安知此非王邸本乎？（《後村先生大全集》
> 卷 110，頁 957）

首先從用紙及墨色推論此本為北方所拓印的碑帖，然在比對《閣帖》和其他
續補刊本，卻都不能相合，標明板數次第的位置也不相同，但他並不直接否
定這個帖本的價值，更提出是否為「諸王借閣本翻開」的其他傳世帖本的說
法。這些猜測性的見解，雖然看似有所闕漏，但也是提供後來觀覽這些字帖
的鑑賞家，前人所考證的成果。

王羲之的〈蘭亭集序〉是宋代書帖考證上另一個重要的爭議，劉克莊有多則
對於〈蘭亭集序〉的考據觀點，這足以顯示出南宋的判斷依據和他個人的鑑
賞觀點。宋高宗稱〈蘭亭集序〉為「禊帖」，〔註 65〕，故劉克莊在跋文中一律
稱〈蘭亭集序〉為〈禊帖〉，相傳真跡已隨唐太宗陪葬而不可得，其後所見且
較為後人所重的是歐陽詢和褚遂良的摹本。歐本在定武軍一帶發現刻石，故
俗稱其為〈定武本〉或〈定武蘭亭〉，且因拓石上下的關係，又有墨色濃淡肥
瘦之別，後世認為肥本較佳。〔註 66〕褚摹本與〈定武本〉大異其趣，其書字
以飛動為特色，不同於歐字的端凝，是為評論蘭亭的另一大派。南宋時，石
刻已經亡佚，流傳的榻本沒有原始的證據可以證明，有眾多〈禊帖〉的考據
和說法，書帖的真偽恐怕更難以釐清。劉克莊屢次借覽朋友所收藏的〈禊帖〉，
並比較眾本，我們可以藉由他的評論，得知整個南宋在〈禊帖〉收藏與考據
上的面貌，〈跋鄭子善通守諸帖・禊帖二〉云：

> 世傳薛氏子竊定武石以歸，始鑱損五字以掩其迹，故五字缺本尤為
> 世重。（《後村先生大全集》卷 110，頁 958）

薛紹彭（？）據殺虎林的原石模刻，但當時已經缺損了「湍、流、帶、右、
天」五字，因此未缺損此五字的定武本，被收藏家視為稀世珍本。〔註 67〕劉
克莊對於書帖是否為「五字缺本」，或以此來分判真偽，在〈跋禊三帖〉中提
出了個人的看法：

〔註65〕 鄭瑤錫：〈禊帖源流〉收錄在《故宮文物月刊》25 期（1985 年 4 月），頁 134。
〔註66〕 盧有光《王羲之〈蘭亭序〉書法入門》（台北市：淑馨出版社，1991 年 3 月），
　　　　頁 18。
〔註67〕 馮振凱：《歷代碑帖鑑賞》（台北：藝術圖書，1996 年 4 月），頁 30。

此五字未缺時本，尤可寶，而藏〈禊帖〉者多以五字缺者判眞贋優劣，然則《易》《書》反不如出於秦灰、孔壁者爲可信耶！

此五字缺本，視他本尤奇妙，惜其墨蠟草草，或濃或淡，然筆意神逸，如星斗麗天，非輕煙薄霧所能翳也。

此本與余家所藏薛本無毫髮異，字畫皆極瘦，視今人所寶字畫肥者各不同。尤遂初、王順伯號博雅，皆以肥者爲眞。（《後村先生大全集》卷104，頁906）

劉克莊鑑賞趙以夫（1189～1256）所收藏的三本〈禊帖〉，有「缺五字本」和「未缺五字本」兩種。他特別指出南宋人競以「缺五字本」作爲眞僞考辨的依據，但若依實際狀況而言，「未缺五字本」才是最接近原始面貌的刻本，更以今文經、古文經兩種經典的可信度來作比喻，表明眾人黯於事實的情況。另外，第三段引文劉克莊以字體肥瘦不同的差異論述，他沒有作眞僞的評價，只是表明尤袤（1127～1194）和王順伯（？）二人的觀點是以字肥者較爲接近原作，然而，並不能看出他個人對此字帖眞僞的態度是有所傾向的。事實上，劉克莊頗重視尤袤和王順伯的鑑定觀點，他在〈跋鄭子善通守諸帖‧禊帖一〉說：

此五字不缺本，校余舊藏者無一點一畫不同，但余本有尤、王二公鑑定，眞蹟耳。（《後村先生大全集》卷110，頁957）

參校鄭子善的「未缺五字本」和自己所收藏的字帖極爲雷同，且劉克莊的字帖曾經過尤袤和王順伯二人鑑定，因此亦斷定鄭子善所收藏的〈禊帖〉是眞跡無誤。字帖考證除了仰賴諸多閱覽和比較之外，名家的看法、觀點，也是必須關注的準則。〈禊帖〉至南宋翻刻本已經超過百種，對帖本眞僞的考證原本就是十分困難的事，劉克莊私家的收藏不少，對於各帖本的考證往往先與自家的帖本相比，再進行各種可能的分析，可見他收藏的識見與眼光，是有獨到的一面的，〈跋林竹溪禊帖‧斷石本〉中云：

此帖與余家所藏斷石本點畫無毫髮異。定石羽化之後，贋本盛行，而眞贋遂易位矣。竹溪其珍閟之，十五城勿輕換。（《後村先生大全集》卷102，頁884）

又〈跋右軍禊帖〉云：

此梅花〈蘭亭〉三段石本，與余家所藏本無小異。（《後村先生大全集》卷111，頁968）

劉克莊的論述當中經常性地出現「與余家所藏本……」，這代表著對自己的收

藏擁有相當的信心，確信其所藏可以作爲參校其他帖本的證據，或許劉克莊的帖本也是經由多數名家評述和鑑賞的認定，然而，我們無法在序跋文中找到直接的證據，不過，可以確定的是他對於〈禊帖〉諸多帖本考據上的掌握以及相關知識的論述是十分充足的。

　　另外，對許多書家字帖的考辨也十分有意思，他切入的面向不一，撰述的重點也有所不同，不全然都關注在眞僞優劣的論證，或在訛誤字的舉正，或透過碑帖外觀，或以劉克莊個人經驗作論述的，如〈跋朱文公帖〉：

　　　　曩余宰建谿三年，見文公遺墨多矣，輒能辨其眞僞，亦能知其交遊
　　　　往還人爲誰。（《後村先生大全集》卷 110，頁 955）

劉克莊雖然沒有直接和朱熹接觸，但與多位朱熹門人爲好友，甚至透過父祖輩和師友的收藏，足以證明他對於朱熹的書字有一定的瞭解，因此其跋文充分表現他的自信，除了能直接判斷眞僞外，更能由內容得知這些書帖是與何人交流，這展現劉克莊對朱熹的高度景仰。另外，亦有以書家身世作爲書帖創作時間的依據，如〈跋聽蛙方氏墨蹟七軸·山谷帖〉：

　　　　山谷二帖當是自黔南北歸所作，故有「伯氏道次戎州，人回」之語。
　　　　（《後村先生大全集》卷 110，頁 954）

劉克莊評鑑方審權的七軸書帖，此一論述黃庭堅的作品切中於寫作的時間，他以書字內容敘述即將北歸的訊息，推論是崇寧元年黃庭堅內遷之時，這也是跋文考據的一環，不僅在眞僞上的判斷，對寫作時間的考證，也是跋文所涵蓋的範圍。另外，對帖本上出現不同裂痕的考證，在〈跋鄭子善通守諸帖·率更千字文〉中也有論述：

　　　　以余家舊本參校，余本中裂一痕而首尾全。此本尾裂爲四，當是兩
　　　　處所刊，皆可寶玩。（《後村先生大全集》卷 110，頁 958）

他的論述似乎沒有很確切的證據，僅在這短短數語中表達兩本字帖皸裂的部分不同，雖同是歐陽詢的〈千字文〉，但他推論此二本當是在兩地所刊，因此，產生在外觀上的差異。

第三節　小　結

　　本章主要著重在劉克莊序跋文內容中文學和書畫藝術的見解與觀點。在文學方面，依照各文體的分類，不僅可以釐清南宋整個的文學面貌，也藉由

劉克莊序跋文中的評論，對於南宋作爲一個文化極鼎盛朝代的末流，在文學的表現上作出了多元且卓越的結論。另外，序跋文中書畫藝術所展現的各種藝術理論或考辨見解，無不是說明中國藝術累積至宋代的整體回顧，更足以呈現南宋的書法繪畫史在美學歷史上所代表的意義。

一、對南宋文學的批評與反思

劉克莊的序跋文彰顯出不少對南宋文學風尚的批評與檢討。駢文是劉克莊視爲家族優良的寫作事業，對於歷代以降駢文寫作越趨繁麗典重，且多爲溢美言論頗爲不滿；接著針對理學家不重視文辭的寫作觀點，強調內容與文辭兩者間的相依性，更引用孔子所謂「辭達而已矣」的言論，對南宋理學風氣盛行的文風作了重大的檢討。在詩歌理論上，劉克莊出入江西、江湖兩派詩人之間，與江西詩人多有交遊，並且本身即是江湖詩派的代表，江湖詩派是江西詩派創作理論的反動，在理論觀點上實是天壤之別，不過，劉克莊屢次檢討自己的文學觀念，於江西派則用典太過，於江湖詩派則流於苦吟，試圖將自己立於一個綜合兩者優點的平衡面，同時，這也是在檢討南宋詩歌創作的普遍情況。在各體文學的理論詮釋的過程，劉克莊在序跋文當中呈現了對於南宋整體文風的檢討，或許，在各自篇章的序跋文中理論意義並不強大，但當我們一併檢視序跋文內容中對於南宋文風的批評與檢討，即可看出他對於南宋文學所呈現的意義價值。

二、個人文學經驗的總集合

劉克莊的文學觀點並非始終如一，這往往與他身邊的師友群體或在不同人生階段對文學的體認而有所差別，經過閱覽劉克莊所有的序跋文，我們不難看出他在文學觀點上的轉變。劉克莊出身於理學世家，個人仁義道德的素養甚深，中年又受學於南宋大儒眞德秀，加上個人對朱熹的景仰，在人品操守上絕對擁有高度的水準。然而，作爲一個受理學影響深刻的人，並不代表他的文學創作就必須服膺理學的文學觀點，劉克莊在駢文與古文創作即是如此，他突破了南宋以來理學家不重視辭藻的寫作侷限，試圖在內容與辭藻間尋得最佳的表現形式，注入文學該有的美感。另外在詩學方面，劉克莊早年曾與江西詩人交往，但也同與江湖詩人對江西詩派日趨陳腐的理論作出反動，他更被推爲江湖詩人的領袖，在作品風格的表現上也是朝著晚唐詩風擺

盪，然而，劉克莊屢次檢討自己作品流於苦思沈吟的缺陷，因為他畢生的目標，是在追求如同楊萬里、陸游這種具有宏大氣度的作家。劉克莊在詩歌創作的追求過程，兼具了江西、江湖兩派並仿效楊萬里這類富有氣勢的創作型態，雖在作品中難以達到這種目標，但這是他個人一生文學經驗的綜合，也是智慧的結晶。

三、繼承北宋兼容南宋文學觀點的調和

　　劉克莊直接繼承北宋多位大家的文學觀點，並藉以檢視南北宋文學間的落差。南宋在進入元朝以前，代表著歷來所有文學觀點的歸結與融合，各種文體自我發展的衝突與跨文體之間的互涉交流，使得文學創作本身帶有相當的多元性，這也代表著文學流派透過相互攻訐或彼此學習進而成長的關鍵。身在南宋的劉克莊即是扮演著一個過渡與調和的角色，他屢次使用「兼備眾體」、「不主一體」這種評論性的詞彙褒揚撰寫序文的對象，足見他具有較為兼容性的文學觀點，不偏一隅而避免失之孤陋，在不同文體中也同時表現出從北宋以來到南宋的傳承與改造，這就是劉克莊序跋文中不斷提倡的新觀點，也對於南宋整體文學的生命力，注入了活化的動力。

四、呈現南宋的書畫藝術觀點

　　當筆者檢視劉克莊生平事蹟，並未發現他個人在書畫上的特殊成就，在各類作品中也未提及在書畫方面的表現，然而，卻在大量跋文中屢屢可以發現評論各種書畫作品的文字，更在這些評論內容中發現他擁有精湛的藝術觀點，若與北宋歐、蘇、黃等人的評論相比絕不遜色。針對書字的跋文，我們能夠發現劉克莊清楚地掌握前人的書字筆意，筆者藉由分析王羲之、蘇軾、蔡襄、米芾、陳宓等這些著墨較多的書家，並對於他們的作品作整體的評價，再綜合這些評論，我們不難發現整個宋代的書字發展趨向於「個人寫意」的表現形式，同時，也代表著這個時代的書法藝術已經完全地成熟，突破了「法度」的拘限，達到屬於個人風格的一種藝術表現品。關於畫作的評論文字，也集中在跋文作品，劉克莊對於畫家所擅長的單題畫作掌握十分清晰，他透過畫家的師承關係，討論同題畫作的發展，唐人韓幹的馬畫為李公麟所繼承，在劉克莊的評述當中，我們可以看出李公麟直接繼承韓幹的馬畫，並脫胎出全新的風格；楊無咎也是如此，除了師法華光和尚的梅花畫法之外，更在自

己的手筆當中帶有更清高、瀟灑的風格。宋人在繪畫上特別注重人物神態的描寫，在構圖上已經不是技法上的問題，而是如何表現出畫家個人的韻味，繪畫整體發展已經達到極盛的地步，開始朝向「變動」的方向前進。

五、各種書畫字帖的考辨經驗

　　劉克莊的跋文中有大量關於字帖和書畫的考辨文字，這是對於書畫和字帖考據相當重要的成就。書畫考證或從畫中實物進行推測，或由畫上的跋文繫出畫家創作的年代，作畫的背景等等。在字帖方面劉克莊尤其關注《淳化秘閣法帖》以及〈蘭亭集序〉的考辨，他分析字帖遍及文字的缺漏、墨色、肥瘦、用紙、裂痕，更普遍蒐羅參照前人的經驗與歷代碑帖家的說法，所涉及的面向及問題十分深刻，更可以歸納成具有系統性與普遍性的參考原則，因此，亦足以代表南宋碑帖考辨的時代成就。另外，在字帖的考辨上，劉克莊不全然能在真偽上考據，他或許是簡短的評論，或許是不同帖本的比較，表現出語帶保留的態度。劉克莊曾閱覽大量的書畫字帖作品，或私家收藏，或由他人手中借觀，往往累積了相當的字帖考據知識，除了展現他身為宋人的高度文化素養外，更是劉克莊序跋文卓越且多樣化文化現象的總體展現。

第四章　劉克莊序跋文的寫作手法

　　本章旨在論述劉克莊序跋文的寫作手法，其中包含了行文方式的探討以及詮釋角度的論述，這二點是序跋文有別於其他文類文體的特殊性，這種特殊性也由於序跋文本身所能夠含涉的面向十分多元，因此，分析寫作方法的論述便不能以傳統著重文類特性為主軸的分析方式進行，而必須透過作者在撰寫序跋文當下所運用的切入視角或關注的面向，如此，才能夠凸顯出序跋文真正的意義價值。王凱符和張會恩主編《中國古代寫作學》提及：「序文寫作的關鍵不在於採用何種表達方式，而在於怎樣去記敘、議論，以實現自己的寫作目的和美學追求。」〔註1〕因此，本章將著重在劉克莊的序跋文的營構特色，以及運用不同寫法而達到不同層次的美學效果，凸顯劉克莊的序跋文不僅是文化性的記錄，更是文體發展的高度成就。如此，便能夠確立他在序跋文寫作上的文學價值，並彰顯他對序跋文此一文體的卓越貢獻。

　　由於序文和跋文在寫作方法上有較大的差異，因此，本章將序文與跋文分立為兩節，再依序文與跋文各自表現的手法進行分述，析論各自的切入觀點與詮釋方法，引據單篇文章並彙整歸納，以釐清劉克莊多元且多層次的表現方法。

第一節　序文的寫作手法

　　序文寫作方式並非只有單一形式特色，由歷來序文的流變情形可以看出文體主要的撰寫方式，被公認作為序文起源之一的〈繫辭〉和〈詩大序〉，重在說明該書內容性質、作用、內容、體裁和表現方法，已具備了序文的部分特色，

〔註1〕　王凱符、張會恩主編：《中國古代寫作學》，頁405。

故被歸爲「傳注式序文」；另一序文起源即是司馬遷的〈太史公自序〉，內容記錄了作者的家世和生平遭際，著書的動機原因，並詳述《史記》的目次和各篇要旨，猶如目錄、條例和提要的功能，被歸爲「自述式序文」。〔註2〕兩種序文特質均爲後世所承襲，故在序文的寫作上，往往有兼融各種特質的情況。

關於序文的撰寫者，也是相當重要的關鍵，古書中的序文，往往由作者親自操刀，以便他人能在閱讀前對該書有一定的理解，然而，今日所見，往往多是請託他人代爲作序，這種風氣的起始，源於西晉時左思請託皇甫謐爲其〈三都賦〉作序，此篇序文使得當時文家對原本批評的作品轉而讚賞，更造成洛陽紙貴的盛況，因此，委託他人撰序便成爲普遍的情形。而當序文發展於漢朝至唐代一段，撰寫的內容並不全然針對作品而言，反而逐漸加深對原作者生平的論述，故序文也具備「知人論世」的特質。也因爲這種特質過度發展的情況下，亦有批評家提出質疑，認爲序文中對人事過重的描述，甚而過諛，已漸有浮泛迂腐的習氣，成爲序文發展的一種弊病。〔註3〕時至宋代，各方面、各領域的文化事業極盛，詩文創作、金石書畫莫不爲當時文人書家所重視珍惜，作家個人撰述頗豐，往往蒐羅編定成籍，大量的藝文作品便產生了大量的序跋文。因此，序文的撰寫者便在此時開創出更多的寫作樣式，擁有更多元的寫作手法。大陸學者樓滬光〈我國序跋的優良傳統〉一文也提到：「撰寫序跋，有兩重關係要處理好。一是序者與原著者的關係。二是序跋作者與廣大讀者的關係。」〔註4〕因此，序文作者代表著一個中間的重要角色，他必須將作家、讀者以及作品匯集於一處，並作出最適切的描述，使讀者透過其寫作的內容及方法，獲取更多的資訊。

王水照《宋代文學通論》〈題材體裁篇〉指出宋代書序的轉變有四個特色，分別爲：表現主題由「書」到「人」的重心轉移；文學趨向的抒情性與描寫性驟增；視野更爲開闊，注重作品的宏觀審視和發展規律；向議論化、理論化延伸。〔註5〕筆者亦依這四個觀點審視劉克莊的序文，可以發現他的確具備宋代序文的先進特質，並仍試圖在個人的表現手法上，作出更多元的突破。

儘管在表現手法上有許多不同的方法，但劉克莊所撰寫的序文，其中大

〔註2〕 王凱符、張會恩主編：《中國古代寫作學》，頁 404。
〔註3〕 王凱符、張會恩主編：《中國古代寫作學》，頁 406。
〔註4〕 樓滬光、孫琇主編：《中國序跋鑑賞辭典》（石家莊：河北教育出版社，2003年1月），頁 9。
〔註5〕 王水照主編：《宋代文學通論》，頁 450～452。

部分的作品，仍然可以找到幾個標準模式：首先是對於人物事蹟的重點擷取，劉克莊擅長單一事件的描摹，從中形塑人物較爲鮮明的面貌；第二，論述詩文特色與意義價值，呈現方法多以對照古今文學風尚或當時文學流弊，抑或直引詩文內容並歸納其風格；第三，藉序文對象而抒發個人情懷；第四，說明撰序動機和詩文集的編排方式；最後，在文末附上序文對象的姓名、字號以補充說明。幾個要項在序文中不難尋得，但這只是一個大致的模式，並非固定不變的，在寫法上也是時有取捨，主要是因爲序文對象不同，在撰寫意識上便會有所差異，也或許隨著劉克莊的年歲漸增及其身處的境遇不同，在序文的表現手法上便有風格或思維上的轉變，這種多變的文章模式，也是序跋文的魅力所在。

一、序文中的人物描繪

　　劉克莊的序文中包含了大量的人事資料，似乎是藉著序文表達個人「知人論世」的觀點，他不僅敘述序文對象的生平事蹟，甚至家世、家學淵源也一併包括，有時更對序文當中的人物，寄予情感上的同情，表達深刻的感慨。劉克莊秉持的原則在於：不同人物、不同時間，甚至遠近親疏不同的師友群體，能夠以不同的行文方法，因此，使得他每一篇序文作品都具有獨特的面貌。

（一）敘述事實以表彰人物

　　劉克莊序文中有許多表彰人物的敘述，其以序文對象的行爲操守爲描寫重點，目的在以實事印證序文中的論贊，比之墓誌或銘文通篇溢美之詞有所差別。他慣於以事件論證人格特質，或透過映襯的手法凸顯序文對象的過人之處，以下列舉數篇以證此一論述所言不虛，〈退庵集序〉：

> 書上內相，謂文人多託文以濟姦；上執政，謂貧賤憂戚非造物之見厄。其識度操守如是。使公有言責，必不受風旨、供副封；掌封駁，必不奉行中批內降；代王言，必不擲筆而發名節掃地之嘆。（《後村先生大全集》卷94，頁811）

此文敘述陳退庵爲官的實際作爲，以其上書內容常懷著鏟奸除惡，仗筆直書的性情，讚賞他個人的操守，夾敘夾議的表述方式，證實並非口說無憑。又如劉克莊爲其父祖輩的業師林光朝《艾軒集》作序，也無不對其高尚的氣節論述一番：

晚爲中書舍人，中批某人賜出身，除殿中侍御史，先生封還曰：「輕
臺諫、羞科目矣。」天子知先生決不奉詔，改授工部侍郎，不拜而
去。其學問、名節如此。（《後村先生大全集》卷94，頁811）

劉克莊在此篇序文中對於原著者的生平僅著墨於此，他並非不嫻熟林光朝的
事蹟，是刻意藉由林光朝不欲任官，即使皇帝知道他的節操，希望透過改動
官位以配合他的想法任職，但他仍不爲所動，這一進一退的謙退事例，讀者
自有評斷，故劉克莊的讚嘆之語十分簡潔，僅以「其學問、名節如此」譽之，
不消使用過諛之辭。通篇序文當中，在人物德行的描繪上以單點式的簡短呈
現，足夠在序文論述詩文作品或書籍內容的評價之前，預先點出一個恰如其
分的介紹。此外，劉克莊爲好友撰寫的序文，更可以看出他在人物描述上有
較爲深入的認識，〈鐵庵遺稿序〉云：

初，公被上親擢，第一義大戇矣，人爲公懼。公不以爲悔，每對必
申之，又於駁論李子道、鄒雲從極言之。中坐此留落，而孤忠自信，
素論不改，猶待於表章致其惓惓焉。（《後村先生大全集》卷95，頁
824～825）

方大琮爲官廉潔剛直，獲君主親自拔擢時朝臣莫不畏懼惶恐，其直言急諫常
使人難堪，雖然宦途並未因此而有重大挫折，但劉克莊序文取此作爲品評人
物的依據，更凸顯出方大琮過於常人之處。而劉克莊的友人林希逸，也同樣
具備不畏權貴的節操，〈竹溪詩序〉即云：

及與史宅之同掾公府，史方以括田媒大用，物情趨附，竹溪獨面折
不少恕，遂拂衣去。余亡友黃元輔諫疏云：「編修官林某以忤宅之謫
守。」嗚呼！元輔端人也，其論竹溪出處如此，此又世所未知者，
因附見於集序焉。（《後村先生大全集》卷96，頁832）〔註6〕

林希逸是劉克莊的摯友，兩人詩文上的唱和多年不絕，不僅在文學和思想的
理念上頗多契合，劉克莊對其人品的讚譽更是不絕於口。劉克莊記載林希逸
對史宅之在朝中結黨營私的作法深表不滿，他不在意忤逆權貴，直率地表達
個人的怨怒，劉克莊更引用黃元輔對林希逸的評述，用意在彰顯他的氣節操
守是當時所罕見的。這段文字補述在序文文末，除了是劉克莊想要補充世人

〔註6〕 〔宋〕劉克莊：《後村先生大全集・竹溪詩序》卷96，頁832。據《全宋文》
卷7568〈竹溪集序〉註〔二〕，原文從「速山林」至「出處如此」誤收入〈山
中別集序〉卷96，頁829，故依此移併。

對林希逸所見不明之外，也是在對其詩文評價結合人品風格的總體意義。另一位好友方信孺也有相關的論述，在〈詩境集序〉中提及：

> 權佞挑虜南吠，公丞蕭山，未三十，以選使軍前議和。垂成矣，虜有所邀索，皆峻拒，而虜怒。反命，乞國書免繫平章銜，佞詰其故，公以虜求首謀對。而佞怒，謫公清江。（《後村先生大全集》卷97，頁841）

方信孺曾擔任與金議和的使者，對於金人的要求皆嚴詞以拒，返國後以未達使命而自請去除官銜，當時權臣韓侂胄主戰，又在朝中嚴禁道學，樹立不少政敵，〔註7〕而金人在談判當中欲取韓侂胄之首，方信孺自然不會拒絕這項要求，歸國後旋即遭到貶謫。這件歷史事件的來龍去脈雖然牽連甚多，但方信孺嚴正拒絕金人的索求，並且公然忤逆當時的權臣，也足以表現他個人的氣節操守。在劉克莊筆下，好友們不畏權貴的風骨展現，似乎是他特別喜愛的人格特質。但是，深受道學思想影響的劉克莊，關注人物品德的面向固然不僅在個人爲官風格的表現，在孝親的行爲，林同即是一個典型的例子，劉克莊在〈林同詩序〉提及：

> 寒齋嘗病，左右侍湯液，至不忍入州應舉。嘗赴胄試，自里抵京得詩一卷，十之九皆思親之言。年未四十，慨然罷舉。志尤潔，非躬耕不食。植梅百株，日哦其下。（《後村先生大全集》卷96，頁831）

寒齋即林公遇，是劉克莊的妻兄，在撰寫林公遇兩個兒子的數篇序跋文中，屢屢提及林同、林合兄弟孝親的行誼，鉅細靡遺地描述二人具體孝行，是劉克莊在序文中所讚賞的另一種人格特質。而林同的人品高潔，正值壯年即絕意仕進，不爲塵俗所染，甚愛植梅吟詠，更展現其高超的人格操守。此外，劉克莊也有爲唐人作序，其因劉克莊的友人徐端衡出示其十一世祖徐寅（或作寅）（869～938）的殘編遺稿，劉克莊在歷述各卷詩文散佚的收集狀況後，以大量的篇幅，爲徐寅在朱溫篡唐後復應科舉並奪魁之事辯誣，除了對史實的辯證之外，更強調徐寅忠於唐朝的氣節。〔註8〕劉克莊在序文中「知人論世」的寫作手法上，

〔註7〕劉子健：《兩宋史研究彙編》（台北：聯經出版事業股份有限公司，2005年10月初版第四刷），頁56。

〔註8〕〔宋〕劉克莊：〈徐寅集序〉《後村先生大全集》卷96，頁833，論及：「或者乃謂公再試於汴，以此賦魁多士。按公乾寧元年登第，越四年歸閩，又十年溫始篡唐。未篡，汴無放榜之事；既歸，公無至汴之理，或者之言謬矣。」他以年代和地點的考究，推斷再試之說是不合理的。

描述個人生平事蹟，藉以配合其言論德行，彰顯序文對象的人物特質。

（二）家世背景、師承關係的淵源

劉克莊的序文中的人事訊息，包括了自己與序文對象家世背景的關聯或相互之間的師承關係，這項訊息透露重要的學術淵源以及與劉克莊之間的聯繫，序文對於詩文集具有重要的介紹作用，因此，家世背景的關聯代表著劉克莊對於序文對象的描述是如實且真確的；個人的師承關係代表著思想學術的歸趨，對於將要閱讀該書的讀者，都是相當重要的訊息線索。

劉克莊的祖父、叔祖皆師事林光朝，承襲林光朝一脈的林希逸又是他的摯友，在延續家學淵源且與好友的思維相通的情況下，劉克莊對於林光朝的景仰，是懷著一種與自身有密切關係的前輩學者的傾慕，他在〈艾軒集序〉文末提及：

> 余二大父實率鄉人以事先生者也，序非通家子弟責乎？敬不敢辭。
> （《後村先生大全集》卷94，頁812）

一部詩文集的序文該由何人撰寫，並沒有普遍的原則，但就如劉克莊所云「序非通家子弟責乎？」其含意正是對林光朝最為詳實的了解，透過相同學術思維與家世背景淵源的聯繫，更有利於序文的撰作。另外，父親的交友對象，兩家之間互有往來，由〈張尚書集序〉文中所述，劉克莊即是受託撰寫序文的最佳人選：

> 某先君子嘗游公父子之間，使君有命曰：「吾子宜序先集。」某敬拜
> 曰：「諾！」（《後村先生大全集》卷94，頁813）

父親朋友的兒子來請託寫序，劉克莊毫不推托，想必兩家的交誼匪淺，同時，這段附在文末的話，也是撰寫序文的基本動機。此外，與劉克莊家族有密切關係，且曾為他的業師，在序文當中更是必然提及的要件，〈劉尚書集序〉文末即云：

> 劉氏舊通譜，余王父與公先大夫、先君與公再世同年，於是計院兄
> 以集序見屬。余幼受教於公，今老矣，昔諸家述作之罕傳，幸吾宗
> 文獻之有考，序之所以美後人纂述之勤，且以勉里中之象賢繼志者
> 也。（〈劉尚書集序〉）

兩家人的交情是跨世代的，況且劉克莊曾受教於劉槃，不僅在情感上，更在學養上有密切的關係，序文由鄉里前輩文章多數無以傳承談起，接著細論各文體作品特色，並詳敘其為人，點出兩家幾個世代的交情關係，甚為詳細。

而此段引文除表達劉克莊與原著者的關係外，更欲在序文中讚賞他的著述之功，藉以勉勵鄉里後進。各篇闡明與劉克莊個人交誼的序文中，除了直接陳述他的家族及其個人的聯繫關係外，對於林光朝一脈師承的敘述，也是序文中關於個人家世相當重要的素材，〈樂軒集序〉云：

> 初，網山既得師傅，嗣講席，戶外之屨幾半艾軒。於是網山之徒又推樂軒為高弟。（《後村先生大全集》卷95，頁820）

又〈竹溪詩序〉亦云：

> 蓋先生（艾軒）一傳為網山林氏，名亦之，字學可；再傳為樂軒陳氏，名藻，字元潔；三傳為竹溪。……初，艾軒沒，門人散，或更名它師，獨網山、樂軒篤守舊聞，窮死不悔。竹溪方有盛名，而一飲啄不忘樂軒，廟祀之，墓祭之，其師友之際如此。（《後村先生大全集》卷96，頁832）

兩篇序文中明白地描述林光朝一脈的師承關係。這除了作為序文對象本身知人論世的介紹以及對其尊師重道的讚美外，更是劉克莊表達個人景仰的一種方式，林光朝作為他祖父輩的業師，傳承下來的林希逸又與他是好友，具有家學背景的淵源關係，又擁有思想、文學上的相通性，這些描述內容對於序文的寫作，提供了最直接且最有說服性的力量，使得序文除了符合應有的文體原則外，更透過這些素材描摹得以更具文學性。

（三）對人物德行表現與思想哲學的描繪

劉克莊序文中知人論世表現手法的主軸，還有以個人德性的直接描述和哲學思想的評介，其表達的手法是透過對原著者的讚美或思想行為表現的描繪，加上他對儒、釋、道三種盛行於南宋的主流觀點，進而評析論述。劉克莊雖然擁有道學淵源，但對釋道思想並不排斥，他身邊的好友就不乏山僧野叟或退隱江湖的居士，道學家嚴謹的精神態度，並不會在劉克莊身上察覺，他抱持著較為開放的態度，交遊對象也不侷限於公卿貴族或理學的文學宗派。劉克莊所認可的人品，必須是真誠的、不矯揉造作的，因此他對序文人物德行的讚譽，或其論述的哲學思想，在序文寫作手法上，是一種透過不同面向，而得以詮釋不同人物特質的方法。

劉克莊十分景仰朱熹，又是南宋大儒真德秀的學生，同時身在頗富理學氣息的家庭中，然而，他的思維卻不像一般理學家嚴謹而不可冒犯，反倒兼融了儒釋道三種不同的理論體系。在〈陳敬叟集序〉中，將陳以莊的為人、

文章如此表述：

> 至於其爲人曠達如列禦寇、莊周，飲酒如阮嗣宗、李太白，筆札如
> 谷子雲，行草隸書如張顛、李潮，樂府如溫飛卿、韓致光，余每歎
> 其所長，非復一事。既解銅墨，歸臥山中五六年，谿上故人獨敬叟
> 書問不絕，其交誼又過人如此。（《後村先生大全集》卷94，頁810）

以道家人物爲喻，敘述陳以莊曠達、豪放的行爲舉止，更以飲酒狂放不羈的
阮籍、李白二人形容之，又特別提出其交友不以人之貴賤境遇論處，即便劉
克莊遭謫歸居鄉里，亦多有書信往來，除了足見與劉克莊間的交情十分深厚
之外，更可以知道劉克莊個人思維的包容性。陳以莊具備道家的哲學思維，
透過思想、行爲、文學風格與前賢的類比，除了是個人的介紹以外，更展現
出序文創作不同面向的延伸性。此外，敘述哲學思想的序文還有不同的表達
方式，在〈王隱君六學九書序〉中，劉克莊經由對話的呈現，闡明神仙求道
之術，頗有另一種意趣：

> 又扣君曰：「吾聞仙者曰純陽，曰無漏，鄔晚置妾，曾在道州生子，
> 黃、葛不能無婦人，君亦然，何也？」君曰：「若所言內丹也，可以
> 延年爾，大丹成則飛騰變化去矣。」（《後村先生大全集》卷95，頁
> 818）

劉克莊認爲求仙道者當有修身修性的工夫，然而，那些修身求道之人卻娶妻
生子，藉此對王允恭提出疑問，兩人之間的問答點出南宋時仙道思想的文化
現象，更也顯示出劉克莊對於不同事物的求知欲。此篇序文藉二人對話，說
明王允恭此人的內容特質與思想理念，是爲序文另一種闡述作品內容以及介
紹作者的表達方式。另外，關於宋朝當時理學各學派間互不相通的情況，他
藉著叔父的序文也表明了自己的立場，〈季父易稿序〉：

> 余嘗恨程、邵同時，不相折衷，曰《傳》，曰《皇極經世圖譜》，遂
> 判爲二書而不可合。天下豈有難通之書，亦豈有理外之數哉！噫，
> 《易》者非一家。程氏排臨川之學者，及教人讀《易》避輔嗣、介
> 甫；朱氏尊伊川之言者也，至《本義》則多程之所未發。議論以難
> 疑問答而詳，義理以講貫切磋而精，此季父《易稿》之所爲作也。（《後
> 村先生大全集》卷95，頁818）

叔父劉彌邵是個具有高尚氣節情操的人，沿襲程朱理學一脈的學術思想，隱
居鄉里並培養後進，他所作《易稿》一書，大旨是由程、朱的學理思想以上

達周、孔。然而序文中敘及當時各派之間「不相折衷」，同樣奉之爲經典的古籍，卻因後世的解讀不同而自以爲重，互不相通，劉克莊認爲理學概念當可藉由論辯相互補足，或經由切磋而愈加精要，如同叔父的著作。序文中以對當時理學概念分歧的批評，凸顯《季父易稿》的卓越之處，這種寫作手法是劉克莊透過序文表現個人哲學思維的藝術技巧。

　　對於序文對象的直接讚美是此文體寫作方法發展的一種表現方法，這種寫作手法曾被王士禎批評如寫碑版之文，千篇一律，〔註9〕然而，姑且不論這些內容的眞實與否，這也是「知人論世」重要的線索。以下列舉數篇與劉克莊有師承關係或有密切往來的好友，在這些篇章當中對人物的描繪，是較可以被探信的。〈水木清華詩序〉即云：

> 《傳》曰「水木之有本原」，肅翁其有本原者乎！然則孰爲本？肅翁以詞賦魁天下，集英對策第四，而無矜色，無驕志，小心問學，謙虛求益，此本也。孰爲原？夫泉，民俗富饒、賈胡走集之地，士者鮮不染指，肅翁居其間，獨不爲珠犀點涴，此原也。（《後村先生大全集》卷94，頁813）

肅翁即林希逸，他在人品及創作上都深受劉克莊肯定，兩人擁有相近的學術理念，因此劉克莊對其人格特質十分稱賞，此文透過對林希逸的書齋名「水木清華」的由來作註解，結合人品的謙和與高潔，即使是頌揚之辭，卻無溢美空泛的阿諛文字。另外，對於林希逸的業師陳藻也有另一番描繪，在〈樂軒集序〉中提及：

> 螢窗雪案，猶宗廟百官也；菜羹脫粟，猶堂食萬錢也。入則課妻子耕織，勤生務本，有拾穗之歌焉；出則與生絃誦，登山臨水，有舞雩之詠焉。自昔遺佚阨窮之士，功名頓挫，時命齟齬，往往有感時觸事之作以洩其無憀不平之鳴，若虞卿之愁、韓非之憤、墨翟之悲、梁鴻之噫、唐衢之哭是已。樂軒生平可愁、可憤、可悲、可噫、可哭之時多矣，而以樂自扁。樂之爲義，在孔門惟許顏子，先儒教人必令求顏子之所樂。（《後村先生大全集》卷95，頁820）

劉克莊闡述歷來古人身世處境困頓之時，往往因事抒懷、有不平之鳴，以古之賢者與陳藻相比之下，更顯示出他不凡的氣節，他的宦途並不順遂、命運坎坷，然而卻表現出安貧樂道、以順處逆的曠達胸懷，更以顏淵「居陋巷，

〔註9〕 王凱符、張會恩主編：《中國古代寫作學》，頁406。

不改其樂」之樂爲名號，足見陳藻步追前賢、身體力行的精神展現。此文並未符合一般序文的寫作原則，文中關於其作品的評述僅有「闡學明理，浩乎自得，不汲汲於希世求合。」數語。劉克莊用了大量的篇幅敘述陳藻的德行，似乎有意在凸顯人格特質，而不是他的作品。此外，撰寫孝詩收錄成集的林同，其孝行當然深爲劉克莊所稱許，〈林同孝詩序〉云：

> 余常恨世儒率華過其實，惟同華實相副，其操行蓋漢孝廉之盛舉也，
> 詞藝亦唐進士之高選也。（《後村先生大全集》卷96，頁827）

既是以孝行爲詩的文集，劉克莊切入的觀點自然集中在「孝行」的層面上，他首先批評世俗儒生往往名實不符，讚譽過度，點出林同的「華實相副」，接著提出其高度操守，在漢朝得被推舉爲孝廉；而其優秀的文辭，若身在唐朝，便可及第而爲進士，無論在品德、文章上，都給予極高度的讚美。劉克莊寫作序文，善於在人物的描繪上作大量的著墨，且往往隱惡揚善，多數人物的撰寫都集中在某種人格特質上發揮，彰顯出序文發展在「知人論世」此一部分的完熟表現。

二、序文中評介作品的寫作方法

序文的寫作原則重點之一是要對該書的內容提出介紹或評價，序文作者試圖對作品進行分析，利用他個人的文學知識，作一種類似於導讀性質的說明；〔註10〕此外，序文作者還必須論斷作品的優劣，然而，序文畢竟不是文學批評，其中多可見讚賞性的文字，鮮有批評。上述兩種序文寫作原則，如何在一篇序文當中呈現，又如何凸顯該書作者的特出之處，這個關鍵即相當具有討論的價值，作家請託當時名人爲其撰寫序文，無非想藉由名人之手，來達到宣揚甚至流傳的目的，而在寫作序文的同時，同樣必須設法強調作家的特點，要夠專業又要能顯示原著者的優點而又不流於阿諛，這便有賴於個人的寫作技巧了。

劉克莊序文寫作方法多元，儘管必須遵守序文的大原則，但他多能夠掌握到各作家的作品特色，進行分析詮釋，使讀者易於理解作品內容。另外，針對作品的評論，劉克莊也能夠適切地作出論斷，給予正面性的評價，除了賦予作品本身的意義價值外，更是在確立該書和作品的文學定位。劉克莊序文中對文

〔註10〕馮書耕、金仞千編著：《古文通論》，頁709。

學作品的評論是有策略性的，他往往先行描述當時文風的弊病，藉此以凸顯原書著者的特出之處；或利用與前人詩文家類比的方式，在詩文風格的介紹中，較能夠使讀者產生文學風格上的間接理解；甚或直接引述作家作品的詩文內容，讚賞其能與前人詩文家並駕其驅，或直接說明優點之所在。以上三種針對文學內容部分的寫作手法，必須擁有相當豐厚的文學知識，劉克莊對於古往今來的文學觀點、風尚有通盤的掌握，否則如何能藉此顯彼，立證有據呢？本小節即在劉克莊對詩文部分的寫作手法進行論述，看他如何在序文中評介作品，進而使讀者透過序文的說明，能更了解對該書或該作品的理解。

（一）直接引用作品的論述

在序文當中直接引述原著者的作品，可以讓讀者有最直接的感受，更顯出其言論的眞實性，然而引用哪篇作品，便是一個重要的環節，如何引用才能達到最好的效果，劉克莊有幾種作法，首先，如〈賈仲穎詩序〉所云：

> 五七言如「燈花寒影裡，詩句雨聲中。」如「盡開窗戶容秋月，徧倚闌干看晚山。」舍人司倉得意句也。（《後村先生大全集》卷94，頁812）

他引用了五言詩、七言詩各一首，並直接給予評論「舍人司倉得意句也」，何以見得此二詩是賈仲穎的代表作呢？他作為四靈詩派的一員，吟詠個人感受、流連光景便是常態，而這兩首詩所展現的風格情調，不正是作家個人在書齋中抒發情性，對周遭景物予以情感上的聯繫。劉克莊在賈仲穎的詩作中，找到最符合他個人的作品，引用在序文當中，可說是對賈仲穎詩歌作品最佳的詮釋介紹。而直接引用數篇作品的序文亦不在少數，如〈張昭州集序〉：

> 蓋君詩師石湖、誠齋，然出入眾體。〈與某太守〉云：「未能子字民，但欲兄事錢。」〈嚴瀨〉云：「策勳簑笠上，自是一雲臺。」〈答二禽〉云：「憂兄行不得，勸客不如歸。」酷類其師。〈秋雨〉云：「獨木乘虛涉，勞薪帶濕吹。」〈暮夜〉云：「蝙蝠迴旋舞，蚊蟲跋扈飛。」類唐子西。〈雜詩〉云：「阮孚幾蠟屐，晏子一狐裘。」又云：「移封初悶悶，通道忽陶陶。」類陸放翁。〈咏牡丹〉云：「紫垂戶外詹天近，綠墜樓前到地香。」類二宋。〈南樓晚望〉云：「江漢西來天地白。」咄咄逼蘇子美、石曼卿。（《後村先生大全集》卷95，頁819）

劉克莊在此篇序文中共引用了八首詩作，其用意在說明張潞的詩作表現是廣泛且風格多元的，張潞曾師事楊萬里、范成大，故在詩風上較具創造性與「活

法」。〔註11〕另外，他承襲范成大對於社會民生的描寫，在〈與某太守〉詩中的表現意識上可以看出，而〈嚴瀨〉、〈答二禽〉兩詩中所展現清高的氣息，又具備楊、范二人的身影。〈秋雨〉、〈暮夜〉二詩，則以北宋詩人唐庚（1070～1120）爲喻，其重錘煉而不失氣格，巧於用事且多新意的詩風，亦爲張潞所吸收。接著再以陸游、蘇舜欽和石延年等人相比擬，無不是在顯示他詩作風格的多變與兼融並蓄的詩學精神，正如劉克莊在同篇序文中所云「出入眾體」，也因爲其眾體兼備，因此劉克莊便引用不同風格詩作的序文寫法，來闡述並印證張潞的整體詩歌風格。另外，亦有引用數篇詩作，而僅爲表明作家的單一風格，〈宋希仁詩序〉云：

> 其〈戍婦詞〉云：「君去無還期，妾思無已時。軍中無女子，誰爲補征衣？」又云：「或傳雲中危，夫死賢王圍。恐傷老姑心，有淚不敢垂。」〈和陶〉云：「城中豈云隘，我見無夷途。所以龐德公，車不向此驅。斜陽掛林杪，野花續春餘。」〈喜弟歸〉云：「數年何處客，昨夜獨歸船。」〈送僧〉云：「漂泊知何處，艱難亦到僧。」〈旅夜〉云：「更長初過雁，蟄後稍無蛩。」〈廢墓〉云：「多年翁仲在，寒食子孫稀。」皆油然發於情性。（《後村先生大全集》卷97，頁839）

劉克莊引用六首詩作，從不同內容面向，如：記寫征戍者之婦的無奈、隱者的閒適胸懷、家人友人的思念或羈旅在外的鄉愁，藉以說明宋希仁的詩作，往往是情感的抒發管道，或許是詩歌單一種的表現手法，但卻經由不同的情境事物而具有更多的趣味性。而劉克莊亦有引用散文作品的序文，如〈宋去華集序〉，企圖要表達的概念也有所不同：

> 其論東晉曰：「不築壇勞師，不市駿揖蛙，而先立太學之官，行親雩之禮，不念中原而厚于豐沛、南頓，據鼎秉鈞者不同心，枕戈擊楫者有遺恨。」激烈於湛庵、無垢矣。（《後村先生大全集》卷97，頁835）

又〈曹東畎集序〉：

> 首言「事至于誤，誤至於悔，雖欲起而救之，其動搖根本、流毒生靈多矣，況至于再誤耶？」又言：「前日之誤在於戰，此既往不可追之

〔註11〕 郭預衡主編：《中國古代文學史長編三》（上海：上海古籍出版社，2007 年 4月），頁370～376。對於楊萬里「活法」的主要表現手法有五點，分別爲：一，小巧細膩。二，想像奇特，立意新巧。三，層次曲折，深婉多致，變化無窮，力避陳俗、平庸和直露。四，幽默風趣，調侃諧謔。五，語言平易、口語，但能語俗而理不俗。

　　悔；今日之誤在於和，尚可乘其機而轉移。」當喬鄭去留、群情觀望

　　之際，而公之論其平如此。(《後村先生大全集》卷98，頁845～846)

兩篇皆引用了原著者集中的作品，然重點並非在文學觀點上的詮釋，而是藉由透過這兩段引文來表現作者個人的行爲操守，散文作品中特別能顯示出該作者的直接行爲態度，其中表達對於當時的社會風氣，甚至是整個國家局勢情況的不滿，如此，又回到序文中「知人論世」的表現原則，同時也是劉克莊直接引用原文說明原著者作品和人格的共同手法。

（二）以對比手法

　　劉克莊在序文中擅於以對比、映襯的方式凸顯原著者的過人之處，他能夠掌握到作家作品內容的特色，並以當時的文風弊病作爲比較，藉劣顯優，試圖以此提升原著者作品的價值地位，〈陳天定漫稿序〉即云：

　　以近人之作與陳君文卷並觀，若梨園胡部方奏曲，忽聞廟瑟焉；若

　　瓦釜土籃方用事，忽陳罍洗焉；若短後衣、曼胡纓方馳騁擊刺，忽

　　睹儒服焉。(《後村先生大全集》卷97，頁836)

劉克莊將宋代當時的作品比擬爲俗樂俗曲、簡陋的器物和粗俗野蠻之人，而陳天定的作品則像是廟堂之樂、高級的器皿和高雅的儒生，兩者相互比較之下，似乎意在以粗俗對比典雅，藉以提高的作品價值。此外，劉克莊也透過批評當時江湖詩派的詩風，來表現章槱詩作異於南宋詩壇趨向於晚唐苦吟而缺乏力量的風尚，〈晚覺閑稿序〉即云：

　　近時詩人竭心思搜索，極筆力雕鐫，不離唐律，少者二韻，或四十

　　字，增至五十六字而止。……雖窮搜索雕鐫之功，而不能掩其寒儉

　　刻削之態。惟晚覺翁之作則不然，其貫穿融液，奪胎換骨，不師一

　　家，簡緗穠淡，隨物賦形，不主一體。(《後村先生大全集》卷97，

　　頁836)〔註12〕

首先表明了當時詩人普遍的詩作原則，雖然窮極心力在刻鏤文字、用盡心思抒發感懷，但仍顯示出「寒儉刻削」的樣貌，劉克莊曾以兼融並蓄的文學觀點檢討自己在詩學歷程上的缺陷，更以此作爲品評當時詩風極重要的原則。

〔註12〕〔宋〕劉克莊：〈晚覺閑稿序〉《後村先生大全集》卷97，頁836。又題名原
　　　　作〈晚覺稿序〉，案曾棗莊、劉琳主編：《全宋文》卷7569〈晚覺閑稿序〉註
　　　　「一」增「閑」字改題爲〈晚覺閑稿序〉。

因此，他運用北宋已迄當時各家詩學的理論，藉以表示章㮤的詩作風格是不同於已形成弊病的晚唐詩風，如此，更可以凸顯章㮤的獨到之處。接著，以單一詩作風格的比較也可以藉由對比，來形成當中的差異，如〈聽蛙詩序〉：

> 近時小家數不過點對風月花鳥，脫換前人別情閨思，以爲天下之美在是，然力量輕，邊幅窄，萬人一律。翁獨以胸中萬卷融化爲詩。(《後村先生大全集》卷 97，頁 840)

引文前半即在批評江西詩派「奪胎換骨」、以前人之詩爲詩的詩學技巧，其發展至南宋已經弊病叢生，而方審權獨能跳脫出當時的流弊，閱讀大量的前人作品，融化於胸中，抒發屬於自己的個人情感，有別於當時千篇一律的普遍現象。即使針對不同文體，劉克莊也運用這種對比的方式來作爲序文寫作的策略，〈宋希仁四六序〉云：

> 余閱近人所作數十百家，新者崖異，熟者腐陳，淡者輕虛，深者僻晦，或淳漓相淆雜，或首尾不相貫屬，均爲四六之病。惟宋君希仁筆端有前數者之長而無數者之短，退之所謂可以鳴國家之盛，非斯人其誰？(《後村先生大全集》卷 97，頁 840)

同樣以「近人之作」多陳腐之言、弊害叢生，藉此彰顯出原著者有眾人之長而無當時之害的特點。或許，將數篇相同寫作模式的序文合併觀之，會令人產生懷疑劉克莊的批評是否眞切？或這種寫作方式是否避重就輕？這些問題的答案是明顯的，劉克莊的確刻意如此。但是，無可否認的劉克莊對於當時整體文學風尚的掌握，以及該書著者文學特色的觀察，極爲深刻且精到，他挑選了可以發揮的點去論述，表現出原著者眞正過人的文學特質，發揮了序文用以闡述詩文作品的意義價值。

（三）以譬喻類比的方式呈現

使用與前人詩家相互譬喻類比的方式來論述原著者的作品，可以顯示出兩個重要的訊息：其一在使讀者能夠更輕易地掌握該書的內容風格；其二即是藉由與詩家的相似性，而達到讚賞的目的。劉克莊透過這種序文的寫作手法，得以在原著者與讀者之間，開闢一條蹊徑，如〈翁應星樂府序〉：

> 其說亭郭堡戍間事，如荊卿之歌、漸離之筑也；及爲閨情春怨之語，如魯女之嘯、文姬之彈也。至於酒酣耳熱、憂時憤世之作，又如阮籍、唐衢之哭也。(《後村先生大全集》卷 97，頁 836)

以荊軻、高漸離比擬征戰戍守之詩；以魯女、蔡琰比擬閨怨之詩；以阮籍、

唐衢比擬其憂憤悲壯之詩，不同情感風格的作品以不同人物作為比擬，更顯示在不同作品的力度上，擁有更深刻的感染能力，即使尚未閱讀過翁應星的作品，已然能在序文當中感受到他詩作的風格，這就是劉克莊以此為寫作手法的目的之一。再如〈趙逢原詩序〉：

> 趙君逢原示余《江村摘稿》，古體深得韋、柳遺意，律體不犯姚、賈一字，掃世間浮淺之習，為世外清遠之言。（《後村先生大全集》卷97，頁838）〔註13〕

以韋應物、柳宗元二人為喻，試圖將趙逢原與兩人擅長以清韻高雅之風寫作山水田園的詩歌作比擬；又謂其律詩能脫出姚合、賈島二人的風格，沒有當時淺陋的弊病。劉克莊以韋、柳表述其在詩歌的獨到之處，而以姚、賈襯托出他能超越當時的流俗，在一正一反的論述中，更顯出趙逢原詩作的特出。另外，劉克莊對於使用譬喻比擬的寫法，並非專在評論文學作品，也運用在文學理論上的詮釋，在〈宋希仁四六序〉中，他不以詩文家的風格作為對象，而透過世間中的種種人事物作為比喻：

> 作四六如掄眾材而造宮，棟梁榱桷用違其材，拙匠也；如和五味而適口，鹹酸甘苦各執其味，族庖也。鍊字如鑄金，一分銖未化，非良冶也；成章如織素，一經緯不密，非巧婦也。用故事如漢王奪張耳軍，如淮陰驅市人而戰，否則金不止，鼓不前，反為故事所使矣；偶全句如龍泉之太阿，叔寶之婿彥輔，否則目一眇，支偏枯，反為全句所累矣。（《後村先生大全集》卷97，頁840）

在序文中劉克莊時常論及文體的觀點，此篇將四六文寫作的原則方法以各式的譬喻敘述，針對各種寫法上的弊病，也由「拙匠」、「族庖」、「非良冶」、「非巧婦」等較為貼近大眾的事物形容，使序文內容成分有更多元的表現，不僅只侷限在以文學理論詮釋文學現象的作法，更為嚴謹的序文增加了可看性。當然，也有所引用譬喻比擬的種類是遍及人事物的，如〈李後林詩序〉：

> 後林詩如陽春花卉，紅紅白白，不以剪綵刻楮為巧；如大將旗鼓，堂堂正正，不以翹關挾輈為勇。清絕者如揮王、謝之麈尾，正大者如坐關洛之皋比，浩博者如韓、杜之〈南山〉、〈北征〉，高妙者如陳子昂、

〔註13〕　〔宋〕劉克莊：〈趙逢原詩序〉《後村先生大全集》卷97，頁838。又題名原作〈趙庭原詩序〉，案曾棗莊、劉琳主編：《全宋文》卷7569〈趙逢原詩序〉註「一」改題為〈趙逢原詩序〉。

朱晦翁之〈感遇〉、〈感興〉。(《後村先生大全集》卷98,頁850)
形容李後林的詩如陽春之花,自然而不假雕飾;又如旗鼓宣揚,堂堂正正;
再將其清絕、正大風格比擬爲揮動王謝之麈尾,坐關洛之皋比;浩博的氣韻
又以韓愈、杜甫的詩作相比;高妙的體氣則以陳子昂、朱熹的作品爲喻。在
詩歌的風格神韻上就能夠以物、以神態、以文人作品的比喻方法來進行敍寫,
劉克莊在這種寫作手法上,可以說是變化多端的。此外,不僅有文學作品,
在關於其他書籍註釋考訂的序文中,〈通鑑記纂序〉運用比擬的方式,也是對
於該書讚賞的方法之一:

> 於凍水一部書,考訂甚精,簡切處如范《唐鑑》,詳備處如袁氏《紀
> 事本末》,抑揚予奪處如胡氏《管見》。(《後村先生大全集》卷97,
> 頁840~841)

劉克莊意在稱賞林琭《通鑑記纂》一書考訂甚爲詳確,其如范祖禹《唐鑑》
的簡明切要,又如袁樞《通鑑紀事本末》的詳實完備,試圖將林琭的著作提
升至與范、袁同等地位,使用比喻的手法,是最好不過的方法了。

　　劉克莊在作品論述的寫作手法上,無論是直接引述作品內容、以映襯對
比方式呈現或者以譬喻比擬的手法營構,目的都是在對原著者作最適切的表
述,他能掌握到如何詮釋才能使讀者在閱讀序文之後,對作家有較深的了解,
而更進一步地,他給予作家作品價值的論斷或學術地位的提升,無不是序文
所必須帶給一本著作或一位文家的重要意義。劉克莊在序文中對各家作品進
行不同方式的陳述,同樣也代表著序文寫作手法的多元變化與完熟。

第二節　題跋的寫作手法

　　序文與題跋〔註14〕在功用和意義上有相當的共通性,但在寫作手法和內容
上是有所區別的,序一般重在對全書作總體說明,跋則是有感而發,內容較爲
靈活,或議論,或考訂,或抒情。〔註15〕林紓(1852~1924)也有相同的見解:
「序貴精實,跋貴嚴潔,去其贅言,出以至理。」〔註16〕「精實」和「嚴潔」

〔註14〕徐師曾以「題跋」爲標目,並說明曰:「至綜其實則有四焉:一曰題,二曰跋,
　　　三曰書某,四曰讀某。」故此以「題跋」總稱。〔明〕吳訥、徐師曾、陳懋仁:
　　　《文體序說三種》,頁92。
〔註15〕李喬:〈談序跋〉,《文史知識》1995年第12期(1995年12月),頁70~71。
〔註16〕林紓:《春覺齋論文》收錄在王水照編《歷代文話》第七冊(上海:復旦大學,

之間的區別在於行文對象的差異，題跋往往僅針對單一詩文、書畫或金石作品論述，因此，在寫法上不宜涉及太廣，須以最嚴謹、明快的理論和文字呈現，使讀者能透過閱讀一段小篇幅的文字，得到原作品中的知性或情趣。

　　題跋寫作手法的基礎概念必須由此一文體的源頭談起，題跋為何追求短小精煉？為何在寥寥數語之間，必須蘊含題跋作者的真知灼見？起初並沒有「題跋」一名，其是由「跋尾」演變而來的，「跋尾」始於魏晉南北朝以至唐代對書畫文籍的鑑定，初起時就是在書畫文籍的尾紙上簽署某人的名字，寫上年月日期，也有在簽名前加上官銜的，表示該件已經由某人鑑定，漸次又有人添些記敘、說明性的文字。〔註17〕這些說明文字隨著時代的遞進，也更為人所重視，直至北宋歐陽脩撰寫《集古錄》，奠定了題跋文體的基礎，其與蘇軾、黃庭堅等所寫的題跋，字裡行間常常流露出濃重的感情色彩，文字明快，並時含理趣。〔註18〕

　　歐陽脩之後，宋人對於題跋是相當重視的，除了宋朝處於文化極鼎盛的歷史潮流外，宋人對自身在文學藝術上的修養要求也遠超越前朝，題跋便為時人展現個人涵養的一種手段，因此，文體內在的發展也已然達到了完熟的地步。明徐師曾《文體明辨序說》總結了題跋的文體概念：「按題跋者，簡編之後語也。凡經傳子史詩文圖畫（字也）之類，前有序引，後有後序，可謂盡矣。其後覽者，或因人之請求，或因感而有得，則復撰詞以綴於末簡，而總謂之題跋。」而關於此一文體特色，他又說：「其詞考古證今，釋疑訂謬，褒善貶惡，立法垂戒，各有所為，而專以簡勁為主，故與序引不同。」〔註19〕不僅在文體上確立了基礎理論，更可與題跋性質十分相近的序文作出區別。

　　題跋的流變大致可分為二途：一是學術性的題跋，往往考訂金石、書畫，文籍的流傳真偽，重在客觀的鑑定；二是文藝性的題跋，多記敘描寫與對象有關的人和事，藉以抒情寫意，注重主觀鑑賞。〔註20〕而當我們再細論宋人對題跋的發展開創時：首先反映在表現題材的開拓上，已由單純的議論著述

2007年11月），頁6364。
〔註17〕 王凱符、張會恩主編：《中國古代寫作學》，頁408。
〔註18〕 徐蜀主編《國家圖書館藏古籍題跋叢刊》（北京：北京圖書館出版社2002年5月），頁1。
〔註19〕 〔明〕吳訥、徐師曾、陳懋仁：《文體序說三種》（台北：大安出版社，1998年6月），頁92～93。
〔註20〕 王凱符、張會恩主編：《中國古代寫作學》，頁412。

性文字擴展到繪畫、書法等藝術和文化領域；其次在體式要求上，趨向無常格、無定格，具備靈活變化的寫作方法；第三是反映在對題跋功能的擴大和提高，由原來單一的議論發展到說理、抒情、記事、寫人和學術研討等；第四是提高了題跋文字的文學性、可讀性和趣味性。〔註21〕這些變化由北宋的蘇、黃題跋以至於南宋，所涉及的層面越來越廣泛，也影響了劉克莊對於題跋此一文體的創作概念，他對於題跋的創作即是建立在這個觀點基礎之下的，因此，題跋的寫作手法便融合了當時的學術文化以及文學的美感意識。

　　劉克莊的題跋寫法面貌較為多變，有許多不同形式的描述方法，不僅只有關於考證或文學藝術上的論述，其中往往抒發了個人的情感以及對往事的追念，因此，本節在題跋文的分類敘述上，就顯得比序文繁複許多，當然在文體性質及表述上也有十分類似的部分，但題跋終究擁有屬於自己特有的文體表現模式。筆者盡力將題跋文作出最詳細的寫作手法分析，並將其與宋代題跋的歷史演變相互比照，除了證明題跋文關涉了相當大量的文化素材，以及在寫作手法和題材上，能夠傳承與不斷推陳出新之外，固然能夠從中得知劉克莊的題跋在南宋題跋中的獨特性與他在當時的文化學術地位。

一、重議論的傳統寫作手法

（一）寫作手法和序文一致的題跋

　　序文和題跋雖有所差別，但在以詩文或書籍為對象的部分篇章，在寫作手法上往往如出一轍，有十分相似的內容。真德秀所編選的《文章正宗》，劉克莊除了共同參與了編書的工作之外，也針對此書寫了題跋〈跋文章正宗〉：

> 晚使嶺外，與常平使者李鑑汝明協力鋟梓，以淑後學。是書行，《選》、
> 《粹》而下皆可束之高閣，猶恨南中無監書，而二湯在遠，不及精
> 校也。（《後村先生大全集》卷 100，頁 865）

文末記錄了這本書刊刻、印書的時間，以及此書對於當世的影響，更讚賞此書一出將使《文選》、《唐文粹》以下的作品都將束之高閣，予以相當高的評價。這些寫法、內容和一般詩文序沒有太大的出入。再如〈跋方汝一文卷〉、〈跋何謙詩〉兩篇，亦皆以文學作品為對象，內容同樣包含了對作品特色的詮釋、劉克莊個人的文學觀點、評價以及作家的部分生平等等，而〈跋方蒙仲通鑑表微〉、

〔註21〕王水照主編：《宋代文學通論》，頁 462。

〈再跋陳禹錫杜詩補註〉也一如考訂、補注經典著作的序文一般，先敘述考訂、補注該典籍的其他相關的書籍，再詳細地介紹該書的內容體例，最後再給與此書意義價值上的肯定，若就寫作的手法和內容看來，這些題跋和序文並沒有什麼不同，然而，這也是序文和題跋之間原有的相通之處。

（二）簡潔的文學評論

　　題跋文要求「嚴潔」，因此對於各作家文學作品的評論，題跋的寫法與序文有所不同。序文往往引用原文或利用大量的比擬譬喻，欲使讀者能輕易地了解原著者的文學特色，因此篇幅略長；而題跋的表現方式並非如此，劉克莊每每以三言兩語論述作品特色或給予作家評論建議，這在序文的內容中是較爲少見的，同時也是題跋所獨有的表現形式。在劉克莊的題跋當中，更可以看出他個人在文學造詣以及文學經驗上的凝練表現，〈跋鄭樞密與族子仲度詩〉即云：

　　　　觀樞相鄭公送其族子雩都明府詩，始以律己，終於愛民，可謂賢父
　　　　兄矣。（《後村先生大全集》卷 100，頁 866）

「始以律己，終於愛民」這是劉克莊對作家詩歌的總體評價，這讓人較難以理解其詩歌的文學觀點或價值，然而，卻有另一種特別的想法，彷彿藉著劉克莊的說辭，使人能更貼近鄭樞密贈詩的深刻涵意和期許，雖是寥寥數語，但似乎可以窺得他的人格風貌。此外，關於文學評論的題跋，如〈跋王秘監合齋集〉：

　　　　止齋、水心諸名人之作，皆以窮巧極麗擅天下，合齋之文獨古淡平
　　　　粹，不待窮巧極麗亦擅天下。（《後村先生大全集》卷 99，頁 855）

以陳傅良、葉適二人爲比較對象，謂其二人「窮巧極麗」而足以名聞天下，而王合齋作品「古淡平粹」亦能稱名天下，劉克莊特別將陳傅良、葉適與王合齋三人相提並論，似乎有意凸顯王合齋有別於當時眾人所認定的文學風尚，因此，在這簡短的兩相對照與評述之下，顯示劉克莊對他的獨具慧眼。除此之外，劉克莊還有另一種寫法，他引用前輩學者的評論說法，再加上自己的見解，〈跋張季文卷〉：

　　　　西山先生始稱其「以清峻之辭寓幽遠之味。」讀季所作，益信西山
　　　　之善評。然文字不可過清也，過清則肖乎癯。仁義之人，其言藹如，
　　　　未嘗癯也。不可過峻也，過峻則立乎獨。德不孤，必有鄰，未嘗獨
　　　　也。（《後村先生大全集》卷 99，頁 856）

劉克莊在此篇題跋中並未直接給予評論，他引用眞德秀的論斷，並闡述其中

「清峻」和「幽遠」的意涵，讚賞張季的作品實如真德秀所言，並引用韓愈和孔子之言，加強印證他寫作文章能行乎其中。這篇題跋頗能見識劉克莊在文學理論和觀點上的全面性，兼融先聖、前朝文人以及當時重要的文學思想，並利用題跋行文的無拘執性，作出作適切的評價。題跋中亦不乏人格與作品的相提並論，在〈跋宋吉甫和陶詩〉不僅以陶潛的節操為典範，加之蘇軾、蘇轍二人與作者宋吉甫相比，更加彰顯出其人格與詩作的特出之處：

> 二蘇公則不然，方其得意也，為執政，為侍從；及其失意也，至下獄過嶺。晚更憂患，始有和陶之作。二公雖倦倦於淵明，未知淵明果印可否。金華宋吉甫在其兄弟中天姿尤近道，自少至老不出閭巷，不干公卿，有久幽不改之操。未論其詩，若其人固可以和陶矣。況讀之終卷，寄妙指于篇中，寓高情于筆下，其詩亦不及歟！（《後村先生大全集》卷101，頁873）

劉克莊強調：蘇軾、蘇轍曾在朝中擔任要職，遭受黨爭迫害之後，轉徙流離，人生經驗大起大落，在窮愁潦倒之際才興起和陶詩的情味；而宋吉甫不曾出仕，深居鄉里而不改其幽居志節。劉克莊認為在人生經歷上，宋吉甫較二蘇更為接近陶潛，而當細論其詩歌作品時，他更認為二蘇的和陶詩是不及宋吉甫的。劉克莊這種說法有異於世俗的觀點，蘇軾由北宋以來，是以全才而為時人所崇敬，劉克莊獨能關注不同角度，引發不同看法，儘管這是他個人的見解，但對於此篇題跋來說，是十分有啟發性的。接著，在評論文學作品的題跋當中，也有直接給予批評而不加掩飾的，如〈跋葉介文卷〉：

> 君它日觀窗前之春艸，撤座上之虎皮，深養而謹出之，則六十四卷之中必有所去取矣。（《後村先生大全集》卷101，頁877）

序文中往往較少批評性的文字，甚至多以褒揚為主，而在題跋文中卻不是如此，或許題跋並不如序文般有公眾性，因此，劉克莊在題跋文中即不隱晦地給予批評和建議。他提及：「觀春艸、撤虎皮、深養而謹出」，似乎是期望葉介能夠重視文字簡樸的意蘊，並追求更深刻的涵養而不要輕易寫詩成文。另外，關於四六文的論述，在〈跋湯埜孫長短句又四六〉提及：

> 余謂四六家駕清談者輕虛，堆故事者重濁，諛辭傷直道，全句累正氣，寧新毋陳，寧雅毋俗，寧壯浪毋卑弱。君勿忘老夫此語，後有新作毋惜商榷。（《後村先生大全集》卷111，頁972）

劉克莊在文中云「君勿忘老夫此語」，顯然前一段關於四六文寫作原則的文字

並非讚賞的語氣，而是給予寫作的指導方針，文末還特別提及「若有新作毋惜商榷」，他表現出對後生晚輩的期待與鼓勵。這種內容寫法在序文中，特別針對原著者為長輩時，是很少出現的，劉克莊屢次在題跋中顯露他個人最真切的想法，在面臨文學評論時不須顧慮太多，也無須隱惡揚善，在寫法上最為自由，當然也是最真實的評論。

二、繼承北宋以來多樣性的寫作手法

（一）以多元的手法論述字畫

序跋文中關於書畫作品的論述集中在題跋一類，這也是宋代題跋所開拓的新題材，然而，這些藝術品經由北宋文家的詮釋之後，往往能彰顯出其特色與價值。時至南宋，書畫藝術作品的題跋文依舊興盛，在寫作方法上也多承襲著北宋而來。劉克莊對藝術作品有很深刻的素養，不僅在理論上有豐富且獨到的見解，在論述這些作品時也展現出他過人的寫作手法，無論是偏向學術性題跋抑或主觀性較強的文學性題跋，在同一種題材的範疇內，卻能夠展現多元性的表現風貌。

劉克莊題跋的寫法，在論述字帖和繪畫的寫作方式不甚相同：首先就字帖作品論述，字帖論「字」，故必須掌握字體的氣韻、神態，或由書家特質著手，如〈跋米元章焦山銘〉：

> 米老此銘不獨筆法超詣，文亦清拔，想見揮毫時神遊八極，眼空四海。（《後村先生大全集》卷99，頁857）

米芾的癲狂貫徹到他的書法作品以及性格，而劉克莊對此作品的描繪正符合書家個人的韻致，「超詣的筆法、清拔的文字」配合上想像中書家創作的模樣，劉克莊使用正向且富含氣韻的筆法為之，令人讀之雖不得見其字，但卻可以領略其中的精神。而在論述不同書家的筆意時，劉克莊也使用譬喻的修辭，來達到更真切的感受，如〈跋周越帖〉：

> 姑以字論，蔡如周公繡裳赤舄，如孔子深衣玄冕立于宗廟朝廷之上，米如荊軻說劍，如尉遲敬德奪槊耳，烏得與蔡抗論乎！（《後村先生大全集》卷104，頁903）

劉克莊善用譬喻比擬，將蔡襄的書字比為周公、孔子；將米芾的書字比為荊軻、尉遲恭，目的在彰顯二人書字在氣韻風格以及美感價值上的差異，讓人得以意會兩人書字的韻味，儘管如此，劉克莊也以主觀的立場表明較為喜愛

蔡襄的書字。

　　題跋中關於畫作的論述，習慣作具體而細部的描繪，他將畫作內容如實地呈現，接著再闡發畫家的特色或品評其優劣，寫法上與記體頗為相似，但抒發個人主觀的議論文字，又是題跋的面貌，〈跋李伯時畫十國圖〉：

> 然日本、日南、波斯至今猶與中國相聞，則所圖亦非虛幻恍惚意貌
> 為之者。其王或蓬首席地，或戎服踞坐，或剪髮露骭，或丫髻跣行，
> 或與群下接膝而飲，或瞑目酣醉，曲盡鄙野乞索之態。（《後村先生
> 大全集》卷 102，頁 886）

此篇以大量的篇幅敘述畫中各國人物的姿態，讀題跋就如同欣賞畫作一般。題跋原該重視品評鑑賞，抑或考據論證，然而這種鉅細靡遺的描述方式卻一反題跋精簡的原則，其中重要的關鍵即在於作品和文章是分開的，若僅透過題跋的閱讀，恐怕會產生理解上的落差，因此，劉克莊在許多關於畫作的題跋，便先詳細地描述畫作內容，以提供讀者對繪畫作品有最基礎的認知。另外，在〈跋楊通老移居圖〉中也有相同的筆法：

> 一帽而跣者荷藥瓢書卷先行，一髻而牧者負布囊驅三羊繼之，一女
> 子蓬首挾琴，一童子肩貓，一童子背一小兒，一奴荷薦席筠籃帛槌
> 之屬。（《後村先生大全集》卷 102，頁 888）

文中一一細數畫中人物以及所持或背負的物品，看似瑣碎卻有其條理意韻，如實地呈現出一幅眾人遷徙的景象，劉克莊的描摹具有實感性，似乎有韓愈〈畫記〉的神髓，然而，在加強題跋對作品的認知，是有一定的效果。當然，題跋的表現形式並非皆以評論畫作內容為主，在〈跋小米畫〉中，亦有藉題發揮的寫法：

> 然元暉千幅一律，世有「無根樹、濛澒雲」之嘲，可謂善虐矣。叔
> 黨之才百倍元暉，元暉至侍從，叔黨死於小官，命也夫！（《後村先
> 生大全集》卷 105，頁 913）

首先以負面角度批評米友仁畫作，但其卻能身居高職，而相較於蘇過死於小官，劉克莊欲藉此表達人生受制於命運的無可奈何。由此可以再次證明，題跋的表現方法是極多元且沒有定格的，雖然針對不同形式的作品會有較為相似的寫法，但能夠延伸出來的各種情感性的抒懷，便隨著劉克莊所感而發。

（二）嚴謹的書畫帖文考辨

　　對於書畫字帖考辨或論證的題跋偏向議論的形式，正如題跋最基礎的發

展模式，元人陳繹曾在《文章歐冶》一書中，將「跋」歸入議論之文類，並註解為：以繫尾，貴簡當而有所發明。〔註 22〕劉克莊針對這些作品內容分析或考訂真偽，便依此寫法著手，雖然在篇幅上不一定短小，但所闡發的議論是很精當的。在〈跋東坡穎師聽琴水調及山谷帖〉中，即針對帖文的內容，發表他個人的觀點：

> 但韓詩云「濕衣淚滂滂」，坡詞前云「彈指淚縱橫」，後云「無淚與君傾」，或以為複。余曰：前句雍門之哭也，後句昭文之不鼓也，結也，非複也。（《後村先生大全集》卷 102，頁 880）

前人以為蘇軾的詩詞有重複的意味，劉克莊以他心境不同辯駁。此篇在題跋中關注於內容的考辨，並論之有據，是議論形式的發揮。題跋文中關於字帖的考辨並非全然在帖文的真偽，其內容意涵的論述也是劉克莊撰寫題跋的表現形式之一。而對於字帖的書家的論證，會根據切入角度的不同而有所差異，如〈跋蘇才翁二帖〉：

> 聽蛙方氏所藏二帖，前一幅真才翁筆，後一幅錄杜詩者稍斷裂，以為才翁耶筆意欠簡，以為君謨耶字法差縱，莫能定其為何人書也。
>
> （《後村先生大全集》卷 102，頁 881）〔註 23〕

劉克莊通曉各家書字特色，對於難以判別的字帖，他仍保持著懷疑的態度，不隨意論斷，客觀而追求真理的精神，在這類屬於學術題跋的範疇中是很重要的。另外，對於畫作的考訂，在寫法上也較為謹嚴，〈跋伯時臨韓幹馬〉：

> 此畫元中題老杜讚于前，伯時自跋其後。元中小楷有名，伯時行書間見，諸帖參校，與此軸字無少異，字真則畫真矣。（《後村先生大全集》卷 102，頁 884）

劉克莊對畫作的鑑賞考辨是十分詳實且細膩的，不僅能藉由畫風特色來判別真偽，更能依畫中的題跋來輔助鑑定畫作是否為真蹟。劉克莊能運用簡短的文字，並以最精確的觀點切入論述考訂，他在掌握每個字帖書畫考辨的眼光，十分銳利。當作品無法確切的判斷時，劉克莊會用語帶保留的說法表示，如〈跋王摩詰渡水羅漢〉：

〔註 22〕　〔元〕陳繹曾《文章歐冶》收錄於王水照主編《歷代文話》，第二冊，頁 1295。

〔註 23〕　〔宋〕劉克莊：〈跋蘇才翁二帖〉《後村先生大全集》卷 102，頁 881。又據曾棗莊編《全宋文》卷 7576〈蘇才翁二帖〉註一：原《四部備要》所收錄《後村大全集》中〈蘇才翁二帖〉並無「才」字，此依四庫本及《後村題跋》補。

> 此軸必有十六僧，所存者卷末三僧爾。「王摩詰」三字，恨無摩詰它
> 字可參校。上用圓角印，其文爲「埜釋」，豈摩詰別號耶？（《後村
> 先生大全集》卷 102，頁 884～885）

即便畫作上題上畫家名字，劉克莊也不輕易採信，可見他對於考訂論據的嚴
謹和確實，文末以疑問句作結，雖未對這幅作品作出結論，但文中所提供的
資料線索，依然可以提供後世考據者作爲參考。

　　針對字帖畫作考辨的題跋還有很多，關注的面向也很廣，或在考訂帖中
所題時間的差異，或訂正文字缺漏，或分判斷片的不同，寫法莫衷一是。劉
克莊能根據自己的經驗和學識作出判斷，在寫作題跋時能以最直接且精確的
觀點視角切入描寫，即使作品的眞僞難以判別，他也能作出一番論述，提供
須待考證的疑慮，這就是劉克莊學術性題跋的作品價值。

（三）藉事抒感的寫作方法

　　題跋中有許多藉事抒懷的作品，透過詩文、繪畫作品或者字帖，在內容
中或多或少地興發個人的感懷。劉克莊一生宦途頗不順遂，加上年壽頗高，
晚年所作的題跋，除了學術性或考據性之外，其中大多包含了對往事、故人，
甚至個人人生遭遇的感慨，對於題跋的文學意義來說，有相當大的提升。在
〈跋楊補之墨梅〉中即提到：

> 予少時有〈落梅〉詩，爲李定、舒亶輩箋註，幾陷罪苦。後見梅花
> 輒怕，見畫梅花亦怕，然不能不爲補之作跋。小兒觀儺，又愛又怕，
> 予於梅花亦然。（《後村先生大全集》卷 99，頁 857）

通篇未論及楊補之梅花畫作樣貌型態如何，亦未涉及評論或考訂，劉克莊抒
發了曾因梅花詩一事遭謫的經歷，又以幼童看儺戲又怕又愛看的心情，來比
擬他爲楊補之的墨梅作品撰寫題跋的感懷。另外，也有懷念故人舊事的敘寫，
〈跋孚若贈翁應叟歲寒三友圖〉：

> 悲夫，尚忍言之！應叟歸，道城南，行西淙之下，謁新丘，登舊山，
> 臺傾池平，竹樹枯死，余知其必發羊曇之哀、動唐衢之哭也。（《後
> 村先生大全集》卷 99，頁 853）

此作品是方孚若送給翁應叟的歲寒三友圖，篇中同樣沒有提及關於畫作的內
容或考訂評論，只是描述曾經與翁應叟在旅途中，經過城南的一段往事。其
以三言、四言構句，加強了行途的連貫性以及文人觸景傷情的直接感受，最
後運用羊曇、唐衢的典故，點出悲哀友人之喪的感受，是一篇文學性極高又

極富情感的文學性題跋。此外，詩文作品集也是藉題發揮的門徑，如〈跋黃勉齋書卷後〉：

> 其年三月，行臺駐揚州，勉齋與余子壽、黃德常及余同在軍中，坐起寢食未嘗離也。……于時勉齋宰木已拱。予方以格爲縣，因葉君雲叟出示勉齋遺墨，感歲月之逾邁，悼耆舊之零落，爲之慨然。（《後村先生大全集》卷 99，頁 854）

題跋前後代表著劉克莊與黃榦（1152～1221）的交往回憶，特別以其二人寢食未嘗離，渲染了他們交情的深刻性，而又因葉雲叟出示黃榦的作品，當時黃榦早已仙逝，因此更引發劉克莊強烈的哀痛。題跋文中不針對作品論述，而著重個人的抒懷，在文字和內容的運用上，顯得較爲柔和，與考辨作品眞僞和學術性的題跋有相當的差異，但也因此提升了題跋的可讀性。在〈跋宋自達梅谷序〉中，除了爲自己的往事感懷之外，也有對他人寄予同情的心理：

> 按寶慶丁亥，景建以詩禍謫舂陵，不以其身南行萬里爲戚，方且惓惓然憂宋君營栖之無力，尤可悲也。余厚宋之諸昆，亦厚景建，感今念昔，覽卷慨然。（《後村先生大全集》卷 101，頁 876）

這篇是針對序文所作的題跋，因此，劉克莊全然沒有關注到作品內容的鑑賞，他特別著墨在曾景建即使在遭遇貶謫之時，仍憂心宋自達的生活情況，因此，特別凸顯出曾景建和宋自達間過人的情誼。文末劉克莊點明其推崇宋自達兄弟，也重視曾景建的爲人，將兩人的關係拉近，故爲之感慨。另外，劉克莊在年事漸大，周遭的朋友親人一一離開的情況下，也透過了題跋，以較爲凄清的筆調敘事，〈跋二戴詩卷〉：

> 其姪孫頤橐其遺稿示余，追念曩交式之，余年甫三十一，同時社友如趙紫芝、仲白、翁靈舒、孫季蕃、高九萬皆與式之化爲飛仙。余雖後死，然無與共談舊事者矣。（《後村先生大全集》卷 109，頁 948）

劉克莊晚年的心境是哀傷的，儘管是一生仕途最爲順遂的時期，但孤老的感受時常在他的文章中抒發，這篇〈跋二戴詩卷〉是戴石屏與其姪孫戴頤的詩作，他從好友孫輩的手中接到遺稿，想見其心情是百感交集的。劉克莊在這類的題跋表現手法上，展現更爲感性的筆調，敘述過往詩友間的交誼，對比今日獨自一人，今昔不同的感傷油然而生。年老的身體屢有病痛，身心煎熬交感之下，劉克莊晚年的作品，總是帶有深刻哀傷的韻味，如〈跋鄭子善通守諸帖·總跋〉：

追念往歲舟中作跋甚敏，今留子善卷帙累月，老病畏寒，不能涉筆。

（《後村先生大全集》卷 110，頁 959）

此篇為〈鄭子善通守諸帖〉的〈總跋〉，即是諸篇題跋的總結，因此劉克莊著墨在撰寫題跋的速度因為年老多病而遲滯許久。透過題跋較為自由無拘束的寫作風格，這類撫今傷昔的感懷是劉克莊晚年作品的特色之一，再如〈跋趙崇彪詩〉云：「卷中往往有與余三人往復者，追念疇昔，君與德潤、實之不可復作，余亦衰暮，形槁心灰，方且顧戀徘徊，為世僇笑。」（《後村先生大全集》卷 106，頁 924）同樣也是透過今昔對比的寫作方法，感傷親友多逝而老大徒悲的感慨，絕對是劉克莊當時身心內外最佳的寫照，也是題跋寫作將藉事抒懷一類運用至純熟的境界。

除了利用今昔對比的手法之外，劉克莊題跋中對人生經歷的感慨，還慣以「對命運的無可奈何」表述，他認為對於際遇仕途的掌握，似乎並非人為所能決定，如〈跋蘇子美帖〉：

王文康公坐萊公貶，蘇子美坐祈公廢，二人皆為婦翁所累。然文康公卒至降相，子美未幾復死，有命也夫！（《後村先生大全集》卷 99，頁 857）

劉克莊由蘇舜欽的字帖中感慨人生際遇差距，其歸為「有命也夫」，最後只能接受命運無情的安排，〈跋東坡墨蹟〉即云：「詩雖工，如命何！」（《後村先生大全集》卷 99，頁 857）即便文學成就不凡，人卻無法改變命運。再如〈跋樂平吳桑書說〉：「君之學勤于榮而上春官輒不售，方以累舉恩奉大對，茲所謂命者耶！」（《後村先生大全集》卷 101，頁 875）即便勤勉於學，仍位居小官。又〈為徐國錄跋西山先生帖〉：「仲晦方牧南郡，茂功猶待禮部試，先生謂二雋且不偶如是，士之遇不遇果有命哉。」（《後村先生大全集》卷 107，頁 926）這種表述手法經常使用，無論是古人、好友或對自己，在人生遭遇困苦或不盡人意的安排時，「命運」似乎成了劉克莊在題跋中開脫人生無奈的一個說詞。

（四）用以勸勉的寫作形式

劉克莊許多以詩文為對象的題跋中，會以勸戒勉勵的敘述來表達對後輩的提攜。我們在序文當中並不會看到類似的寫法，畢竟序文較題跋更為正式，而且只有單一篇，是讀者了解作家作品的重要關鍵，因此，勸誡勉勵的用法並不適用在其中。題跋則有更大的開放性，它不僅是作者與讀者之間的橋梁，更是批評者聯結至作者的回溯關係。劉克莊在題跋中表達了對作家詩文上甚

至是人品風格上的勸勉，是題跋相較於各種文體中較爲特出之處。

　　勸勉鼓勵或在詩文創作上、或在對晚輩將來的期許，或在個人的德行操守上，〈跋陳戶曹詩卷〉中云：

> 先民有言：德成而上，藝成而下。前輩亦云：願郎君損有餘之才，
> 補不足之德。君粹然佳子弟，非不足於德者，余恐其爲藝所掩也，
> 故微著切磋之義焉。（《後村先生大全集》卷99，頁855）

劉克莊提出「德」重於「藝」的觀點，試圖勸勉陳戶曹勿爲文詞之盛名而掩蓋個人的德行。這些勸誡勉勵之言多半用在文末，可作爲通篇章旨最後的提點，這種寫法除了顯示劉克莊個人的思想或文學觀點外，更代表著批評者和作家兩方面的共同進展。另外，李耘子即將赴舉，劉克莊在詩卷的題跋中有祝福也有勉勵，〈跋李耘子詩卷〉：

> 余識耘叟累年，未見其它文而屢得其詩，因其赴舉，祝之曰：使耘
> 叟之賦如詩，今秋歌鹿鳴，來春冠南宮，非子其誰！（《後村先生大
> 全集》卷99，頁856）

全篇未提及李耘了詩作如何，多在論述宋代科考以賦取士所形成當代文學的風尚，文末寄予祝福，若所作的賦能如同詩歌一般，則能應舉得第。由這種作法可以看出題跋的功用又多了一個層次，端賴劉克莊如何詮釋。另外，對家人的勉勵也是常見的，如〈跋仲弟詩〉：

> 弟其益勉之，使世之同業者皆相推伏，曰奕秋通國之善奕，又曰天
> 下之射惟羿愈己，余雖德甚，鼓旗助躁，不亦平生之一快哉！（《後
> 村先生大全集》卷99，頁859）

劉克莊對弟弟的勉勵溢於言表，能謙退自己而爲其助長盛名。文中無不隱含著對弟弟的期許以及肯定，在題跋中特別能夠體會到當中的情意，而在〈跋居厚弟詩〉中敘及：「夫士之通塞，命也，巧力不與焉；試之得失，藝也，工則中之焉。汝勉之、非惟汝二父之望，亦老伯之望。」（《後村先生大全集》卷108，頁938）此篇雖是跋劉希仁的詩，但通篇著重在對姪輩方勳的勸勉、期許，其中更敘述了劉希仁提攜方勳的來由，整篇文章似乎是針對方勳而發，藉由方勳的拜訪，撰此文以勉勵之。最後，再舉一例作爲劉克莊題跋中以「勸戒勉勵」爲結語的作品，〈跋何統制詩〉：

> 蓋詩名在人煩舌，可以遊談致；詩句入人肝脾，不可以虛譽傳也。
> 何君勉游。（《後村先生大全集》卷107，頁926）

他對於詩文作品勸勉往往不是單一個面向，在此之外，也包含了劉克莊想要導正或寬慰作者的意圖，文中提及詩對於人兩種深淺不同的感觸，或許是在論述個人的見解抑或勉勵作家當朝著這個方向邁進。

綜上所觀，劉克莊在題跋中擁有許多勸戒勉勵的篇章，這是對後生晚輩的提攜與鼓勵，藉由形式自由的題跋給予建議、勉勵，一來可以讓原作者在創作上或人品上更為增進；二來劉克莊以其敦厚文字勸勉後輩，可以從文中感受到他的真誠。這些文字，絕大多數都是運用在文末，如：〈跋林去華省題詩〉：「去華勉之，安知暗中無摸索曹、劉、沈、謝者！」（《後村先生大全集》卷 100，頁 862）、〈跋趙戣詩卷〉：「君益勉之，性情人之所同，氣力君之所獨，獨者難彊而同者易至也。」（《後村先生大全集》卷 101，頁 877）又〈跋林氏瑞雲山圖〉：「故自昔甘露靈芝之類多見於純孝之丘墓，而求忠臣者必於孝子之門。林君其勉之。」（《後村先生大全集》卷 100，頁 870）無論是針對詩文或書畫的題跋，都為各篇章的結語，是經過一番論述之後的結論，而這種結論也具有積極意義，因此，試圖發揮「勸戒勉勵」的寫作方式，便是劉克莊題跋重要特色之一。

（五）辯證傳統的風格

劉克莊的哲學思維較為多元，兼容並蓄的思想也提供了對傳統較為強烈的質疑性。在序文中對於思想的表述是較為直接的，因此，多數是以頌揚為主的人物描述，而題跋卻可以因為其文體特質而藉以提出疑惑並陳述自己的見解，在行文上有更寬闊的發揮空間，因此，也塑造出劉克莊在題跋中用以辯證傳統的風格。

此類題跋的表述手法很類似，劉克莊首先提出傳統觀點，並以個人的經驗認知重新詮釋說明，最後給予結論，如〈跋趙司令楷沙市辨誣〉：

> 昔人云三世為將，道家所忌，為其多殺也。余謂不然，不有所殺不能有所活。……他日秉旄受鉞，先謀後戰，所殺者少，所活者多，雖世世為將可也，何三代之忌哉！（《後村先生大全集》卷 100，頁 863～864）

劉克莊對道家忌諱一家三世為將領提出質疑，認為「不有所殺不能有所活」，合理而正當的殺伐可以成就更多人的性命，文末又以身為將領時，須先謀畫策略，可使殺人者少，全人者多。劉克莊欲闡發其要旨，必先提出問題，再自行提出觀念，使人信服，由闡述傳統、提出質疑、敘述觀點、提出新的解

釋，一步一步層層推進，是極優秀的論證寫作手法。而對於韓愈的排佛，劉
克莊也有個人的見解，〈跋呂紫微大慧帖〉：

> 儒者率嘲侮釋氏，而韓公尤甚，或欲火其書，或欲冠其顛。余謂靈
> 師飲百琖醉花月，文暢北遊慕裘馬，葷酒俗髡爾，宜爲韓嘲侮。
> 若大顛稍識理道，解外膠，則有不可得而嘲侮者矣。(《後村先生大
> 全集》卷107，頁928)

對比韓愈排佛的強烈，劉克莊則表現出他的通融選擇性，對照兩種不同屬性
的僧人，他認爲有修爲、有眞實智慧的僧人仍是值得稱賞的。另外，對於和
僧侶的接觸，在〈跋通上人詩卷〉中，劉克莊有更爲直接的表述：

> 然閩僧多白首未嘗行腳，又未嘗參叩大善知識，與語，不過曰某刹
> 虛，某貴人與某官善，書可求、刹可得也。主人急起洗耳，客不樂
> 而去。(《後村先生大全集》卷108，頁943)

劉克莊批評僧人與之遊多喜談論一些名寺、公卿的俗事，卻沒有深刻的智慧，
因此藉由通上人平日有吟詩作詩的癖好與庸俗的僧人對比，認定其與一般僧
人有異，更喜愛與他商論詩作，凸顯出劉克莊對於僧人的觀感標準。劉克莊
以映襯的手法撰寫題跋，試圖彰顯個人的思想觀點，這種特質是十分鮮明的。

（六）表彰人物德行節操的手法

題跋當中如序文的文體沿革一般，在宋代時更加深對於人物形象的描
寫，然而題跋在對人物描述上的表現，常是較序文更爲深刻，原因來自於題
跋對於人物撰寫的抒情性十分強大，劉克莊運用人物對比的手法，今昔以往、
人事全非的感嘆，或者直接陳述作家、書畫家的德行，藉此共同提昇人與作
品的價值意義。他在〈跋章援致平與坡公書〉即云：

> 蘇、章本布衣交，子厚當國，乃竄坡公於海南。及子厚謫雷，坡公
> 書云：「聞丞相高年，寓跡海隅，此情可知。」君子無纖毫之過，而
> 小人忿愎，必致其死；小人負邱山之罪，而君子哀憐，猶欲其生。
> 此君子小人用心之所以不同歟！(《後村先生大全集》卷99，頁856)

由章援寫給蘇軾的信，聯接至其父親章惇與蘇軾在新舊黨爭後的下場，劉克
莊以蘇軾在經歷黨爭貶謫之後，對章惇仍是十分敬重，藉此對比黨爭時，蘇
軾屢遭新黨打壓而欲致其死的情況。劉克莊以映襯手法詮釋蘇軾的胸懷雅
量，更透過書信的內容作爲實證，在題跋中表彰個人的德行操守是很明顯的。
此外，以古人對比今人的映襯手法，在〈跋趙司令楷詩卷〉也有論及：

> 孟德之詩曰「周公吐哺，天下歸心」是以周公自擬也；子建之詩曰
> 「願我賢主人，克符周公業」，是以周公擬其父也。夫德義不足而直
> 以雄心霸氣陵踐一世，誰其聽之？司令趙侯席斿裳鐘鼎之貴而自牧
> 如窶人子。（《後村先生大全集》卷100，頁863）

引述曹操父子詩作，二人雖表明雄霸天下之心，然個人操守德行不足，而人民終不信服。劉克莊藉此對比趙司令縱使身居高位，仍謹守簡樸之風，顯現其德義節操高尚，是爲眞正的英雄人物。在題跋中對比出現的人物，並不局限於當朝。另外，今昔事物盡遷，人情冷暖立判的事例亦不在少數，如〈跋南谿詩〉：

> 先生當趙公盛時，絕口無自媒之言，及趙公去，時事變。門下客類
> 掃迹避禍，惟先生慷慨悲憤，往往發於詩文。同其憂患而不同其富
> 貴，可謂特立獨行之士矣。（《後村先生大全集》卷100，頁868）

透過林簡對其師的態度，可知他不因人之興廢而有所不同，劉克莊以門下之客對比林簡的始終如一，襯托出個人節操上的突出，因此，題跋中還給予道德價值上的論斷。題跋中對人物的表彰已經是常態，劉克莊在簡短的篇幅中，必須掌握最重要的關鍵事物發揮，藉以達到評述人物的重要功能。至於題跋中對人物的描摹，亦有針對個人作爲作直接的論述，如〈跋蔡忠惠帖〉：

> 公因開封府界、京西、陝西亢旱，朝命各路體量蠲貸，遂有此奏，
> 且云：「臣非不知寬百姓爲美事，然國計有限，乞下諸路漕臣，旱損
> 當覈見實數，賑貸當回顧軍儲。」身爲計臣，意雖體國，而其言渾
> 厚如此。（《後村先生大全集》卷103，頁896）

劉克莊透過引用奏稿當中的內容，來襃揚蔡襄身爲計臣而能爲國家經濟考量的實例，經由題跋相關的論述，能夠對蔡襄有更深入的了解。劉克莊撰寫題跋之前，必定熟知當朝或歷史人物的典故，引述眾多典故，加入自己的人格觀點，最後歸納出人物的道德評價，對題跋的文體原則來說，是具有傳承前人並予以發展的進步意義。

三、創新性的寫作手法——率直批評的寫作風格

劉克莊有數篇題跋，針對對象以鋒利的文詞回應，這種寫作風格與向來較爲溫厚的筆法有所差距，在序文中也不見如此直截式的批評，但這樣的寫作方式也爲劉克莊的題跋注入了相當的趣味性。他在〈跋朱相士贈卷〉中對

一位看面相的人，有如此的描述：

> 君脛長而膊聳，面瘠而下銳，望之如鸛鶴。余雖不曉風鑑，然知君
> 非腰錢十萬、封侯萬戶之相也決矣。余方以實語規君，君無以虛談
> 戲我。（《後村先生大全集》卷 99，頁 853）

或許是朱相士對劉克莊的評論不中聽，因此，劉克莊以奇形怪貌應之，並謂其因此貌而絕無顯榮之日，犀利的言論是劉克莊少有的筆意，雖然怪力亂神本來就是具有道學血統的劉克莊所厭惡的，但這些類似調侃之語的言論，在劉克莊的題跋文中，卻是別開生面的。而當另一位卜筮之人給予劉克莊如此建議，反應竟大不相同，〈跋日者葉宗山行卷〉文中云：「宜清心以養神，息怒以養腎。類皆中余微隱，藥予病痛。噫！此益友之言也，賢於星翁曆史遠矣。」（《後村先生大全集》卷 99，頁 854）與上則的語氣評論有極大的差異，似乎面相占卜的準確與否，也會牽動著劉克莊在寫作意識上的差別。另外，對北方蠻族的敘述，其口吻也是毫不客氣的，〈跋石虎禮佛圖〉：

> 澄公坐磐石假寐，一胡合爪致恭，二胡雛一持香合，一持悅巾，立
> 其後。勒至是老矣。合爪者當是季龍，二雛當是宣、韜兄弟。（《後
> 村先生大全集》卷 102，頁 888）

劉克莊對北方胡人帶有強烈的譴責意味，在措辭上使用「胡」、「爪」更顯示出對蠻族文化低劣的貶抑，即便是修禪拜佛，依然以畜生論之。或許這與整個宋朝長期處在遭受北方民族壓迫的情勢有關，劉克莊藉此發揮他個人對胡人的不快，用語更是毫不留情。此外，對於本朝人的評論，劉克莊也有措詞較為強烈的語氣，如〈跋丁章呂蔡帖〉：

> 一云：「家兄入輔幾政，豈獨宗族之幸，鄉閭聞之，想亦慶喜。」嗟
> 夫！遭時如君謨，立節如君謨，然後可以言宗族之幸、鄉閭之喜。
> 若卞與京，為國巨蠹，宗族如子應方且閉戶退藏，挂冠以避其臭。（《後
> 村先生大全集》卷 104，頁 904）

蔡京、蔡卞是宋代的貪官奸臣，許多政策措施皆導致民怨沸騰，造成國家動盪，劉克莊從帖文內容諷刺二人，又標舉蔡襄與其對比，形容二人為國家的蠹蟲，親戚宗族當退隱掛冠以免遭受其害。劉克莊題跋中較少有強烈語氣的評論，上述幾篇文章可說是他在題跋寫作上的特例，但也正因為夠直接，因此才能夠在文章當中顯示其真正的個性，同時，這也是題跋文的一種表述面相。

第三節　小　結

　　綜觀以上各節所歸納的寫作方法，得知劉克莊對於序跋文的構思與運用十分靈活，四百多篇的序跋文各有千秋，儘管在同一作品，也能夠蘊含多種呈現方式。宋代題跋有一個明顯特點，便是洋洋灑灑，信手拈來，不事雕琢，時有妙趣，正如洪邁所說：「寬閑寂寞之濱，窮勝樂時之暇，時時提筆據几，隨所趣而志之，雖無甚奇論，然意到即就，亦殊自喜。」〔註24〕想要探究題跋的表現方法，是無法單純以詩文、書籍或字帖書畫這些作品類別來論定的。因此，作家如何詮釋他的觀點？如何運用文字技巧？便是序跋文真正的意義價值所在。

　　題跋作品中，類似序文寫法的篇章很多，畢竟兩者間在性質和功能上有許多共通之處，序文置於書前，跋文置於書、作品之後，這種觀念，特別是宋代對於序跋文體的流變，已經被確立了。劉克莊身為南宋的大文學家，受託寫序撰跋的機會很多，因此，這種針對詩文作品或書籍而闡發議論的基礎寫法，是一個重要的寫作方式。而更進一步對作品的評論，則開始有了變化，無論是詩文或是書畫字帖，題跋所使用的文句是極簡潔的，三言兩語、精闢凝鍊，有一語道破的力量，提供讀者最迅捷的思考，以及頗有理趣的評論性文字。但是，若觸及作品真偽的問題，劉克莊也必須以客觀的精神與角度判讀，以個人的經驗和學識作為考辨依據，再從中求得作品最真實的面貌。

　　當序跋文延伸至人的身上，就更顯變化多端而無法掌握了。劉克莊在序跋文中試圖以作品為媒介來表達個人真實的情感，或許是回憶的傷感，或許是年老而親友皆逝的孤苦，又或許是感慨英雄人物在人生經歷上的挫敗，序跋文中因事抒懷，使得劉克莊的作品更增添抒情的文學美感。對逝去的人感傷，對將來的人期勉，劉克莊藉由詩文的評論，給予在文學創作以及人格情操上的勸戒勉勵，考量他這種寫作方式，即是將題跋這種原本為單一面向的文體，提升為批評者與原作者共同討論的雙向創作。而關於原作者或內容人物的表彰，劉克莊也慣於使用映襯對比的方式呈現，以修辭學的角度來說，以一反一正的反襯手法論述，正可以凸顯出他想要表達的完美人格。

　　對傳統提出辯證，是劉克莊個人思維的展現，透過他清晰的邏輯對傳統的觀念提出質疑，而對質疑的問題，他又能引證事例，發為議論，並闡述出具有說服力的觀點，表現出較有層次的議論文章。而透過題跋直抒批評的文

〔註24〕曹之：〈古書序跋之研究〉，《圖書與情報》（1996 年第 2 期），頁 29。

字，便是題跋開放性精神的徹底展現，其將題跋不假雕飾、直抒胸臆的寫作
手法完全發揮，更能表現出劉克莊內在精神的實際面貌。

　　另外，劉克莊的題跋中還有特定出現的詞彙，這些詞彙雖然代表著相同
的概念，但卻時常出現，似乎是他慣用的筆法。在〈跋表弟方遇詩〉中云：「今
通夕參語乃是一段冷淡生活。」（《後村先生大全集》卷 100，頁 863）又〈跋
陳邁高梅詩〉：「君妙年有場屋之債，宜且參取王沂公兩句，未可作此冷淡生
活。」（《後村先生大全集》卷 109，頁 945）兩篇文章中都用了「冷淡生活」
四字，而觀其文意，似乎在指讀書創作之事，而在其他篇章當中也可相互映
證，〈跋丘撫幹生遺稿〉「君生雖悒悒不得志，然身後一段冷淡生活得吾輩表
而出之，未爲不遇也。」（《後村先生大全集》卷 111，頁 977）也以此四字作
爲創作生活的代表。劉克莊的題跋還有另一組常用的詞彙，事實上應該說是
一種寫法上的公式，即是題跋的對象爲當朝帝王之作，他便以「臣恭惟……」、
「臣竊惟……」、「臣竊謂……」作爲開頭，這種公式寫法不僅限制了題跋的
延伸性，更在內容當中與平常的表現有相當的差異，縱使劉克莊在題跋的撰
寫上有較爲寬廣的手法和概念，但關於皇帝的墨跡、作品，往往皆使用讚美
的詞彙，不光是文字本身的稱許，對於帖文內容之事也是稱賞至極。這種寫
作手法對於劉克莊序跋文整體的文學藝術價值，或有影響。

　　然而，題跋文中還有幾種寫法上的特質，值得關注。明人鍾伯敬（1574
～1624）曾說：「題跋之文，今人但以遊戲小語了之，不知古人文章，無眾寡
小大，其精神本領則一。故其一語可以爲一篇，其一篇可以爲一部。」〔註25〕
劉克莊的題跋也確實如此，最短的〈跋曾文昭帖〉僅有十四字，而長篇幅的
題跋卻可達到數千字，內容可以是一句評論，也可以是一長篇人物事蹟的紀
錄，在題跋如此無定格的寫作型態之下，篇幅或長或短的狀況，是很常見的。
在長短不拘的文字背後，這些題跋內容的作品，一般較多爲詩文、書畫、字
帖以及金石碑文，然而，在劉克莊筆下，似乎各式各樣以文字流傳下來的物
件，都可以作跋，如：〈跋唐察院判案〉是針對官吏的判決書作跋、〈跋慈濟
籤〉是爲寺廟中的籤詩作跋、〈跋松山趙氏義莊規約〉是義莊的規約、〈跋朱
文公書一軒二字〉是書齋的匾額，還有手抄佛經和民謠等等，品類繁多，將
題跋的題材開拓得更爲廣大。

〔註25〕〔清〕王之績《鐵立文起》收錄在王水照主編《歷代文話》第四冊，頁 3685
　　　　～3686。

　　序文和題跋在寫作手法上實在難以掌握，也因為其難以掌握，因此代表著這個文體在寫作手法上的千變萬化，同時也是完熟而趨向不斷開拓的境界。本章論述劉克莊序文與題跋在寫作手法上的特色與變化意義，能夠繼承北宋序跋文的傳統，延伸開拓此一文體的特色與功能，代表著整個宋代文化精神的表現面貌，也隨之擁有更精采的表現形式，特別是在劉克莊總和將近五百篇的序跋文當中，為宋代的文化事業，注入開創性的意義價值。

第五章　結　論

　　本論文考述劉克莊的家世背景、師友關係以及仕宦歷程等訊息，建立歷史研究的方法，在取得作家個人的基本資訊後，便可以初步架構出劉克莊的哲學思維、文學觀點、文學批評原則以及各層面的文化涵養，再依照這些理論原則，分析並闡述序跋文中所表達不同類別的內容，另一方面也能歸納出在序跋文寫作方法上的傳承與創新，如此，可以得知劉克莊序跋文的文化意義與文學價值上，初步得出下列看法：

一、知人論世與序跋文緊密的關聯性

（一）和人群緊密結合的序跋文

　　劉克莊家族中父祖兩代親人，包括劉夙、劉朔、劉彌正和劉彌邵四人的思想、言行、文學觀點以及對他切身的影響，都有助於理解劉克莊的哲學思想和文學觀點外，對於他的操守行為也有極密切的關聯，序跋文中屢見對父祖輩行實的景仰之情，同時也象徵著他渴望追隨前人腳步的企圖心。家學背景的淵源，建立起劉克莊最早、最基礎的學術脈絡，以林光朝為首的艾軒學術，與劉家更有世代的關係，在文學上不排斥鍛鍊文詞，給予劉克莊在文學創作理論上，產生與當時文學風尚較為不同的視野，在他序跋文的評論中，便有「鍛鍊說」的觀念，即是追求文學藝術價值的重要主張，由此可知，父祖輩的遺風遺行，對劉克莊整體思維的影響是很深刻的。

　　劉克莊的業師對他產生不同的影響，其中最重要的莫過於南宋大儒真德秀。真德秀曾為閩地主帥，劉克莊受邀入幕，後又得其拔擢，始能預聞朝政，對他的仕宦產生很重大的影響。在學術上，劉克莊在理宗寶慶元年歸居鄉里

莆田，並成為真德秀門人，因此，對於朱熹理學一脈的學術頗有交涉，劉克莊在序跋文中對於朱熹人格與思想的景仰，和後學黃榦也時有往來，此間思想和情誼的聯繫不可謂不深。劉克莊因真德秀而使得他能夠接觸自家之外的理學思維，故在思想的形構上，有較多元的關涉點。

關於他的友人群體，造就了劉克莊多元的影響，他身為一位文人、批評家甚至是書畫鑑賞家，都和他的交友群體有十分密切的關係。本論文列舉十二位劉克莊的好友，分別代表了各個文化的面向：陳宓在書法藝術上，重視書「意」的觀點，不難聯結與劉克莊在題跋文中的評論，秉持著「意態神韻」的評論基礎。趙汝鐩、趙葵、林希逸等人在文學觀點上頗與劉克莊契合，序跋文中屢次提及「兼備眾體」的包容性觀點，也可以在這些作家的詩文集中覓得。林公遇、林同、林合父子在個人的德行操守上，為劉克莊所稱善，序跋文中對於個人德行孝思的闡發，林氏父子可以說是此文體當中最適切的代表。方信孺、方大琮、王邁是劉克莊退居鄉里相互慰藉的同伴，當他年事漸高，親人朋友一一離去，以抒懷為文是極深刻而感人的。方審權、方采、方楷為劉克莊提供了不少金石書畫的作品，他擁有深厚的鑑賞考訂能力，與這些友人能夠並且願意提供作品有絕對的關係。

無論是親人、師長或是友人，都是形塑劉克莊整體面貌的重要環節，在經由與序跋作品相互對應之下，劉克莊所展現個人文化的涵養，的確是多元且深厚的，因此，我們可以十分確定的是：劉克莊序跋文的創作思維與寫作意識，與他周遭的人物群體有相當重大的關聯。

（二）仕宦經歷對序跋文的影響

劉克莊四度入朝為官，又四度離開朝廷的宦途經歷，對一位文人來說，這種屢遭貶謫的經驗是痛苦的。劉克莊因梅花詩案而罹禍，對他是一次嚴重的打擊，即使在事過境遷之後，仍心有餘悸，他只能感嘆命運多舛。我們不難想像，那些表現在序跋文中抒情感懷的部分，對往事的回憶、對英雄人物的感慨、對親友皆逝的孤獨、許多無可奈何的結局，都是在劉克莊親身經驗仕宦風雨過後的感悟，四次進京，竟有三次遭劾罷歸，這一段人生的歷練，可從劉克莊當時的詩歌作品，了解他的心情感受。

若由另一個角度來看他的仕宦經歷：直至第四次入朝為官，劉克莊已經位居工部尚書兼侍讀，官位不能不算顯赫，這代表劉克莊當時的地位，雖然，後世多以文人、詩人稱之，但官位和名望卻是劉克莊能夠擁有如此大量序跋

作品的重要因素，文學上的聲望加上官位的隆顯，求序求跋者便絡繹不絕。因此，屢遭貶謫的仕宦經歷中，劉克莊心緒的轉變以及感受，對於序跋文的創作意識來說，有過相當重要的影響。

二、文學和書畫藝術觀點在序跋文中的評議與傳播

（一）序跋文對於文體的貢獻與價值

劉克莊多數的序跋文是針對文學作品提出建議與論斷，因此，他的文學觀點毫無保留地表現在序跋文當中，倘若以單一篇章看這類的序跋文，並沒有什麼導正文學風尚的作用，但當我們統合單一文體的數篇序跋文，並加以歸納整理時，便能夠從中窺得劉克莊重要的文體觀念，以及對於當時文學風氣的改造意識，這些觀點足以影響南宋當時的文學風尚。

1、對南宋四六文的檢討與改造

四六文在宋代是十分流通的文體，而劉克莊對當時駢文的寫作方法十分不滿，他批評當代作家表現出「怪異、陳腐、虛弱、隱晦」四種缺陷，更有用典過於晦澀難解或寫法過於輕虛浮濫的趨勢。因此，他從歷代的駢文發展得出個人的看法，以富有「新意」並且「凝鍊」的寫作態度，加上融合前人的優點以及高尚典雅的寫作原則，便能夠完成一篇優秀的駢文。

2、傳承北宋古文的風格

劉克莊序跋文中關於古文的文學觀點，有意挑戰當時的理學文風，他繼承歐、蘇的寫作風格，試圖找到文章旨意與文詞鍛鍊之間的相依性，他屢次引用「辭達而已」作爲鍛鍊文詞的標準原則，要求文章必須通達旨意且具有文詞流暢的美感。此外，還要求文章必須有「文氣」，這是針對當時南宋疲弱文風而興發的觀念。總體而言，序跋文當中所闡釋的古文觀點，是要作品能夠在自然流露的簡約文字中，表達出作家的眞情實感與文章氣勢，最終達到「古淡平粹」的境界效果。

劉克莊對於古文的另一種貢獻，是企圖調和理學家不重視文辭的偏見。劉克莊具有理學的家世背景，但對於文章美感的要求卻又十分重視；他曾經受學於眞德秀，又出入江湖文人之間，因此，在文學觀點上顯得較爲兼容並蓄。他秉持著這個觀念，對於南宋理學文風的調和與突破作出了重大的進展，同時也對江湖文人作品過於雕琢、苦吟，展現解放與轉變的意義。這些突破性的觀點，

不僅表現在古文的創作與評論上，對於其他各種文體，也多有論及，因此，「兼容」與「調和」兩種理論，便象徵著劉克莊文學觀點中重要的基本概念。

3、兼備眾體的詩學理論

後世以詩人之名稱呼劉克莊。他一生中創作了近五千首的詩歌，產量十分驚人，整個南宋只有陸游超過這樣的產量。雖然大量的詩作並不代表品質也是一致性的良好，但綜觀他表現的作品意識，便能夠察覺他在不同時期的詩學觀點以及心境轉變，這樣的創作經驗歷程，足以形成屬於自己的理論體系，故在劉克莊撰寫關於詩歌作品的序跋文，即能夠從中尋得其詩學經驗、觀點以及批評理論。

劉克莊的詩學經驗含蓋了整個南宋大小家詩人、詩派的理論，從陸游、楊萬里入門，後又學江西，再依從反江西的四靈、江湖詩派，直至脫出晚唐詩風而欲兼容眾體，透過這些個人的詩學經驗，加強對劉克莊每一個階段缺失的改進，也由於這些改進的方法，使他在序跋文中對詩歌作品進行特色的闡述與評論時，擁有一套個人的理論體系。而在這些序跋文中，我們也可以歸納出劉克莊的詩學觀點，特別是創作的方法原則：他主張詩發於個人的「性情」，這是針對宋詩多為「記問博學」之詩，普遍缺乏個人情感，失去了詩的基本韻致而闡發的。其次，他認為詩歌的文辭當要「鍛鍊」，並且有「師法」的對象；鍛鍊即是講求文辭的凝鍊度，是內容與文字修飾共同注重前提之下的要求，目的在使詩歌作品達到「言」、「意」兼具的高度藝術表現。而「師法」的原則在於能師事前人，擷取前人的優點，融合他們的長處，兼取各家各體，並歸納為屬於自己的創作理論。最後要強調創作之前的外在「修養工夫」，他關注在個人的文化涵養、道德修養以及身處不同環境的心態表現，目的在使詩歌能夠表達出最深刻、最真摯的生命意韻。在一連串闡述詩歌的序跋文中，我們得以歸結出劉克莊的理論體系。

劉克莊在序跋文中所表現的詩學理論，是有意要扭轉當時的詩文風尚的，他往往在評論作品之前，提出當時積弊叢生的時人作品，以批判性的文字彰顯其卓越的觀點；然而，劉克莊並非只破壞而不建設，他也提出一套新的詩學理論，或許是針對原著者，但也對於整個南宋的詩風，提供了一個新的指引方向。

駢文、古文和詩歌，這三大文體在劉克莊的序跋文中有相當豐沛的寫作意識與手法原則，無論是作品的特色價值，抑或劉克莊個人的文學觀點，甚

至對於當代文風的檢討，序跋文中所呈現的，對於南宋整體文學有相當重要
的進步意義，在分析並歸納這些篇章之後，不難發現劉克莊的序跋文，能夠
表現出十分豐厚的文學意義價值。

（二）重「意」的書法與繪畫觀點

　　劉克莊的序跋文有相當大量關於書畫、字帖等作品的評論，將這些相同
性質的作品歸納之後，不難發現他對於書法作品中，較為讚賞具有「意」態
的作品，所謂「意」即是在表現意趣，在作品中展現自由的精神，形成個人
的風格。在題跋文中關乎書字的評論，往往會結合作家的性情人格，作家有
好的德行，將會影響書法作品的優劣。另外，書法作品的評論單以作家的性
情分判是不夠的，劉克莊也強調刻苦勤練的功夫，並以王羲之、釋辯才二人
在書法藝術高度的成就，也是經由勤奮不懈的努力才有辦法達到為例。最後，
他也贊同摹擬帖本，但必須在透過摹擬之後，尋得屬於自己個人的「韻味」，
因此，書字在經由作家本身修養的詮釋、刻苦鍛鍊之後，而展現富於自我的
真「意」，即是劉克莊個人的書字觀點。

　　此外，在這些題跋文當中，劉克莊也針對名家分別論述，透過現今許多
書法理論的相互對照，將蘇軾、米芾、蔡襄、蘇舜元、蘇舜欽、陳宓等書法
家，進行字帖特色的介紹，會發現劉克莊藉由閱覽他人的作品以及觀覽自己
的收藏，達到通古知今的全面鑑賞能力，不僅在書字上是如此，在繪畫藝術
的領域，也有所著墨。

　　宋畫發展至南宋，在各種方法技巧上，幾乎已經達到了完熟的地步，既
已完熟，便會在其中尋得出口。劉克莊題跋文中對歷代畫作評論，正象徵著
宋畫從完熟過渡到轉變的重要歷程。首先，筆者歸納了單一畫題畫家的風格，
從李公麟、楊無咎對於墨法技巧與畫風的開創，表現出更為靈活而有韻致的
畫作，也代表著宋畫主「意」的傑出成就。其次，題跋中描繪畫中人物的神
態非常精到，或詳細地敘述畫中各個人物的姿態舉止，或抓住瞬間的景物發
揮其情致，或將人物的動作與周遭景物結合，當讀者閱讀題跋時，往往能夠
透過這些圖畫內容的描寫，而有深刻的體會，更有助於理解劉克莊所闡發的
種種作品特質與評價。關於書法與繪畫的題跋文中，足以展現宋代當時的藝
術傾向，以及宋代藝術發展至於完熟而趨於改造的進階歷程，劉克莊的題跋，
除了是個人藝術觀點的表現之外，更是時代藝術觀點、發展的重要象徵。

（三）細膩客觀的考辨精神

題跋文中關於書畫和字帖的考辨各有不同，劉克莊在考證當中秉持著細膩和客觀的態度，他曾透過畫中植物成熟的時節，考據畫家作畫的時間；又能根據帖文內容的描述探訪實地，釐清寫作地點與寫作時間的關係。另外，以史事對應字帖內容，或以畫中跋文與畫家書字的對照，亦能夠從中判別作品的真偽與否。然而，無論是哪種考辨方式，他那細膩而客觀的精神，都在關涉書畫作品的題跋中展現。

此外，也可以從字帖外觀上的真偽判斷，劉克莊從墨色、字體、字數、行數以及斷片、補釘的情況作為推論依據，透過閱覽大量字帖，累積了豐厚的鑑賞知識。特別是對於《閣帖》和〈禊帖〉，劉克莊寫了許多題跋深入探討並延及相關的字帖論述，他累積這些考訂知識，更在當中發展出一套嚴整的考訂準則，他能根據前人的說法，再加上自己的實際考據經驗，歸納出他在撰寫學術性題跋中的基礎概念。無論那些題跋內容的短長，代表著他個人在書畫字帖考證上的經驗法則，對於一位以詩文為名的作家，這是十分難得的。

由以上第三節至第五節的探討，我們可以得出劉克莊在題跋上特殊成就，序跋文內容展現在藝術與考據上的具體論述，除了可以讓我們更瞭解南宋藝術發展的面向之外，更可以看出劉克莊所具備卓越文化的鑑賞視野，於此，他絕對能夠在南宋藝文界佔有重要的地位。

三、多元且紛呈的序跋文寫作手法

（一）多元的序文寫作風格

序文原本是作為說明書籍作品的內容、性質、作用、體裁和表現方法的文體，而隨著文體本身的流變發展，序文中所涵蓋的內容即更為多樣化，從以作品為主的內容陳述到逐漸加入了人的描繪，從學術性的文學評論到抒情性的感慨抒懷，序文的寫作手法到了宋代有了長足的進展。劉克莊序文的寫作方法，也可以作為宋代序文的典範之一，其可以歸納出在「人情世故」和「文學理論」寫作上的方法：

1、凸顯人物特質的敘述手法

劉克莊的序文包含著大量「知人論世」的訊息。首先，他能藉由對單一事實的描述，掌握其中人物行為操守的展現，藉此提昇原著者與作品的密切

程度。其次，序文中往往會牽涉到個人家學以及師承的淵源，其寫作目的在於使讀者能夠更清楚地了解作家的思想脈絡，而劉克莊也達到了能夠明白地說明作家及作品的目的。第三，劉克莊在序文中記錄了人物德行的表現以及思想的陳述，他企圖透過不同的人物面向，來詮釋不同的人物特質，進而使讀者能在其中獲得與眾不同的人物資訊。這些針對人物特質的表現手法，是劉克莊擅長的寫作方式，同時也彰顯出「知人論世」在序文的完熟表現。

2、文學理論的表述手法

對書籍作品內容提出介紹或評價，是序文的寫作重點之一。劉克莊對於詩文作品的評論甚豐，且提出的說法的確能夠改造當時的文學風尚，然而，他是如何表達，又如何彰顯文學理論，便是重要的關鍵。首先，他仍依照傳統直接引述原文，加以進行評論的寫法，這是最直接的作品特色介紹和批評。此外，劉克莊擅長使用映襯對比的方法，以劣顯優，他最常運用的是描述當時文風的積弊，並藉以凸顯作家作品的特出，這種方法用於推崇作家作品，有很強大的功效。最後，劉克莊在闡述作品時也常用譬喻類比的方式呈現，或以名家比擬、或以實物比擬、或以情態比擬，其最重要的目的，是欲使讀者能夠輕易地了解作家作品的特質。作者在序跋文任何表達的手法形式，都是爲了架構並彰顯最終的目標主旨，當然也代表著序文寫作手法的多元變化與完熟。

（二）無定格的題跋寫作手法

題跋是針對詩文詩畫作品提出的闡述說明，它的容納性更大，題材更爲豐富，且在寫法上亦無固定的形式，其內容較爲靈活，或議論，或考訂，或抒情，多是有感而發的感性文字。劉克莊的題跋作品繼承北宋蘇、黃的風格，再加上他個人獨特的創作理念與寫作方法，在題跋撰寫上較之前人更顯得多變與進步，也因爲所接觸的作品種類繁多，代表著劉克莊在文化領域的接觸與延伸更爲廣遠，因此，在表現手法上的面貌也較爲多變。

題跋與序文頗有相通之處，因此，部分題跋作品在寫法上與序文並無二致，作用相當於後序，篇幅的長短也不受限制。此外，在精簡的題跋作品當中，詩文和書畫字帖上對於作品的評論，劉克莊使用的文句是極簡潔的，三言兩語、精闢凝鍊的文字中，希望提供讀者最迅捷的資訊，以及頗有理趣的評論性知識，這種寫法頗爲常見，也是一般認知的題跋表現形式。

劉克莊題跋中以人爲描述重點的也有很多，其中最顯著的特色即在於抒

情成分的增強，他以作品為媒介，目的在表達個人的情感，或許是回憶的傷感，或許是年老而親友皆逝的孤苦，又或許是感慨英雄人物，透過題跋感事抒懷，使得劉克莊題跋的寫法上更增添抒情的文學美感。此外，關乎人的部分另有對人物的勸勉，這是有別於序文的特色之一，他透過題跋的內容，在文學作品或人格操守上，給予勸戒勉勵，此一寫作方式的功能，能夠將題跋原本單一面向的文體表述形式，提升為批評者與原作者共同討論的雙向創作，可以促使整體文學的進展。最後，題跋中對原作者或內容人物的表彰，他也使用映襯對比的方式呈現，以修辭學的角度來說，以一反一正的反襯手法論述，正可以凸顯出原著者的完美人格。

另外，題跋中對於議論手法的表現，是層層遞進的演繹模式為主。當劉克莊對於傳統的觀念有所質疑時，他便提出問題，針對問題而又能引證事例，並闡述一番具有說服力的觀點，表現出較有層次性與說服性的議論文章。還有一種特殊的寫作方式，即在題跋中以嚴詞批評內容對象，甚至是原著者，此一寫作觀念乃是來自於劉克莊道德意識的表現，題跋文無拘無束，因此更能夠讓他隨著個人的情性觀點而論，也為題跋文的寫作手法，帶來更為寬廣的表現面向。

綜觀以上這些寫作手法的詮釋，劉克莊序跋文的成就，以及該文體中更為重要的意義，是在南宋當時可以作為一個典範性的文體參考，更也代表著劉克莊本身在序跋文上的傑出成就表現。

本論文由劉克莊家世及其師友群體關係談起，聯結至序跋文內容所闡述的文學與藝術觀點，更分析其序跋寫作手法上的多元性風貌，可以得知：劉克莊序跋文與南宋文化有著極密切的關係，以及序跋文內容中文學與藝術理論具有高度的價值，而此文體在敘述架構與文體傳承上，足以作為當時及後世文體的典範。於此，筆者必須鄭重呼籲：南宋古文作品雖不如北宋整體優秀，名家所出產的作品不如北宋有影響性，然而，在這單一文體的討論脈絡之下，透過了解劉克莊序跋文的整體意義，可以清楚地感受到這些文章中豐沛的文化意涵以及多變的寫作手法，對於整個文學史來說，具有其重要意義，希冀能喚起專家學者，重新重視南宋古典散文這一塊有待開發的園地，並賦予其在中國文學史上應有的地位與價值。

參考書目

一、傳統古籍、文獻

1. 〔魏〕曹丕:《典論》,台北:世界書局,1962 年 3 月。

2. 〔梁〕劉勰著;范文瀾註:《文心雕龍注》,北京:人民文學出版社,2001 年 5 月第三刷。

3. 〔唐〕元稹:《元稹集》,台北:漢京文化事業,2004 年 3 月。

4. 〔宋〕蘇軾:《經進東坡文集事略》,台北:臺灣商務印書館,1979 年 11 月。

5. 〔宋〕李心傳:《建炎以來繫年要錄》,台北:文海出版社,1980 年。

6. 〔宋〕周密:《武林舊事》,台北:廣文書局有限公司,1995 年 6 月。

7. 〔宋〕周密:《齊東野語》,台北:臺灣商務印書館股份有限公司,1979 年 7 月。

8. 〔宋〕周密《癸辛雜識》,北京:中華書局,2004 年 11 月。

9. 〔宋〕林希逸:《竹溪鬳齋十一薰續集三十卷》,收錄於《宋集珍本叢刊》,北京:線裝書局,2004 年 6 月。

10. 〔宋〕洪邁:《容齋隨筆》,收錄於《叢書集成三編》,台北:新文豐出版股份有限公司,1997 年 3 月。

11. 〔宋〕眞德秀:《西山眞文忠公文集》,收錄於《四部叢刊正編》,台北:臺灣商務印書館,1979 年 11 月。

12. 〔宋〕眞德秀:《西山題跋》,台北:廣文書局,1971 年 12 月。

13. 〔宋〕陸游:《渭南文集》,台北:臺灣商務印書館,1979 年 11 月。

14. 〔宋〕陸游:《劍南詩稿》,台北市:臺灣中華書局,1966 年 3 月。

15. 〔宋〕陳騤:《南宋館閣錄(續錄)》,北京:中華書局,1998 年 7 月。

16. 〔宋〕楊萬里：《誠齋詩集》，台北：臺灣中華書局，1966 年 3 月。

17. 〔宋〕劉克莊：《後村先生大全集》，收錄於《四部叢刊正編》，台北：臺灣商務印書館，1979 年 11 月。

18. 〔宋〕劉克莊撰、〔明〕毛晉跋《後村先生題跋》四卷，收錄於：《叢書集成新編》，台北：新文豐出版股份有限公司，1986 年 1 月。

19. 〔宋〕劉克莊撰、張鈞衡校訂《後村先生題跋》十三卷，收錄於：《叢書集成續編》，台北：新文豐出版公司，1989 年 7 月。

20. 〔宋〕劉克莊：《後村集》六十卷，收錄於《宋集珍本叢刊》，北京：線裝書局，2004 年 6 月。

21. 〔宋〕劉克莊：《後村居士集》五十卷，收錄於《宋集珍本叢刊》，北京：線裝書局，2004 年 6 月。

22. 〔宋〕劉克莊：《後村詩話》，台北：廣文書局，1971 年 9 月。

23. 〔宋〕劉克莊著，王蓉貴、向以鮮校點：《後村先生大全集》成都，四川大學出版社，2008 年。

24. 〔宋〕魏了翁：《鶴山先生大全文集》，收錄於《四部叢刊正編》，台北：臺灣商務印書館，1979 年 11 月。

25. 〔元〕陸友仁：《硯北雜志》，收錄於《叢書集成三編》，台北：新文豐出版股份有限公司，1997 年 3 月。

26. 〔元〕脫脫《新校本宋史并附編三種》，台北：鼎文書局，1983 年 11 月三版。

27. 〔元〕陳繹曾《文章歐冶》收錄於王水照主編《歷代文話》第二冊，上海：復旦大學，2007 年 11 月。

28. 〔明〕毛晉撰、潘景鄭校訂：《汲古閣書跋》，上海：上海古籍出版社，2005 年 11 月。

29. 〔明〕黃宗羲撰、〔清〕全祖望補《宋元學案》，台北：世界書局，1962 年 11 月。

30. 〔明〕康大和等撰：《興化府志》，台北：漢學研究中心，1990 年，明萬曆三年刊本，影印自日本內閣文庫。

31. 〔明〕吳訥、徐師曾、陳懋仁：《文體序說三種》，台北：大安出版社，1998 年 6 月。

32. 〔清〕王士禛撰、陳乃乾校輯：《重輯漁洋書跋》，上海：上海古籍出版社，2005 年 11 月。

33. 〔清〕王梓材、馮雲濠《宋元學案補遺》，台北：世界書局，2009 年 2 月。

34. 〔清〕王之績《鐵立文起》收錄在王水照主編《歷代文話》第四冊，上

海：復旦大學，2007 年 11 月。

35. 〔清〕永瑢等編：《欽定四庫全書總目》，台北：藝文印書館，2004 年 10 月初版八刷。

36. 〔清〕林紓：《春覺齋論文》收錄在王水照編《歷代文話》第七冊，上海：復旦大學，2007 年 11 月。

37. 〔清〕林紓：《畏廬論文等三種》，台北：文津出版社，1978 年 7 月。

38. 〔清〕姚鼐編；王文濡評註：《大字本評註古文辭類纂》，台北：華正書局，1988 年 8 月。

39. 〔清〕徐松：《宋會要輯稿》，台北：新文豐出版股份有限公司，1976 年 10 月。

40. 〔清〕莊仲方編：《南宋文範》，台北：鼎文書局，1975 年 1 月。

41. 〔清〕陸心源：《宋史翼》，台北：文海出版社，1967 年。

42. 〔清〕曾國藩：《經史百家雜鈔》，台北：世界書局，1972 年 7 月。

43. 〔清〕盧文弨：《抱經堂文集》，北京：中華書局，2006 年 6 月二刷。

44. 曾棗莊、劉琳主編：《全宋文》，上海：上海辭書出版社，2006 年 8 月。

二、近代論著、專書

1. 王水照主編：《宋代文學通論》，開封：河南大學出版社，1997 年 6 月。

2. 王先霈主編：《文學批評原理》，武昌：華中師範大學出版社，2003 年 10 月第六刷。

3. 王壯弘：《帖學舉要》，上海：上海書畫，1987 年 1 月。

4. 王偉勇：《南宋詞研究》，台北：文史哲出版社，1987 年 9 月。

5. 王凱符、張會恩主編：《中國古代寫作學》，北京：中國人民大學出版社，1992 年 9 月。

6. 王雲五編：《四部要籍序跋大全》，台北：華國出版社，1952 年 4 月。

7. 王葆心：《古文辭通義》，台北：臺灣中華書局，1965 年 3 月。

8. 石峻：《書畫論稿》，台北：華正書局，1982 年 10 月。

9. 成復旺、黃保真、蔡鐘翔：《中國文學理論史》，北京：北京出版社，1991 年 9 月第二刷。

10. 朱東潤：《中國文學批評史大綱》，上海：上海古籍出版社，2004 年 11 月二刷。

11. 何俊：《南宋儒學建構》，上海：上海人民出版社，2004 年。

12. 何鎮邦：《文體的自覺與抉擇》，北京：人民文學出版社，1995 年 8 月。

13. 吳承學：《中國古代文體型態研究》，廣州：中山大學出版社，2000 年 9

月。

14. 吳松弟：《北方移民與南宋社會變遷》，台北：文津出版社，1993 年 8 月。

15. 李國庭：《宋人年譜叢刊十一‧劉克莊年譜簡編》，成都：四川大學出版社，2003 年 1 月，頁 7547～7600。

16. 周峰編：《南宋京城杭州》，杭州：浙江人民出版社，1988 年 10 月。

17. 昌彼得、程元敏、王德毅、侯俊德主編：《宋人傳記資料索引》，台北：鼎文書局，2001 年 6 月。

18. 林正秋：《南宋都城臨安》，杭州：西泠印社，1986 年 5 月。

19. 金文亨編：《莆田歷史文化研究》，莆田：廈門大學出版社，1996 年 3 月。

20. 俞崑：《中國繪畫史》，台北：華正書局，1984 年 1 月。

21. 俞劍華：〈中國繪畫之起源與動向〉收錄於黃賓虹等編著：《中國書畫論集》，台北：華正書局，1986 年 4 月。

22. 胡明：《南宋詩人論》，台北：臺灣學生書局，1990 年 6 月。

23. 孫旺、常國武主編：《宋代文學史》，北京：人民文學出版社，2006 年 6 月三刷。

24. 徐復觀：《中國藝術精神》，台北：臺灣學生書局，1998 年 5 月第十二刷。

25. 徐琛、張朝暉：《中國繪畫史》，台北：文津出版社，1996 年 10 月。

26. 徐蜀主編：《國家圖書館藏古籍題跋叢刊》，北京：北京圖書館出版社，2002 年 5 月。

27. 徐曉望主編：《福建通史‧宋元》，福州：福建人民出版社，2006 年 3 月。

28. 徐興華、徐尚衡、居萬榮編著：《中國古代文體總攬》，瀋陽：瀋陽出版社，1994 年 12 月。

29. 徐豔：《晚明小品文體研究》，南昌：江西教育出版社，2004 年 6 月。

30. 祝嘉：《書學史》，上海：上海書局，1990 年 12 月。

31. 馬茂軍：《宋代散文史論》，北京：中華書局，2008 年 4 月。

32. 張光賓：《中華書法史》，台北：臺灣商務印書館，1984 年 4 月。

33. 張伯偉：《中國古代文學批評方法研究》，北京：中華書局，2006 年 1 月二刷。

34. 張智華：《南宋的詩文選本研究》，北京：北京師範大學，2002 年 6 月。

35. 張毅：《文學文體概說》，北京：中國人民大學出版社，1993 年 1 月。

36. 張毅：《宋代文學思想史》，北京：中華書局，2006 年 6 月三刷。

37. 梁庚堯：《南宋的農村經濟》，台北：聯經出版事業公司，1984 年 5 月。

38. 莆田縣地方志編纂委員會編：《中華人民共和國地方志‧莆田縣志‧劉克莊》，北京：中華書局，1994 年 10 月，頁 1043～1044。

39. 莊申：《中國畫史研究續集》，台北：正中書局，1974 年 10 月。

40. 莊伯和：《中國繪畫史綱》，台北：幼獅文化，1987 年 6 月。

41. 莫礪鋒：《朱熹文學研究》，南京：南京大學出版社，2001 年 11 月二刷。

42. 許海欽：《論題跋》，台北：一文出版社，1978 年 6 月。

43. 郭英德：《中國古代文體學論稿》，北京：北京大學出版社，2005 年 9 月。

44. 郭紹虞：《中國文學批評史》，台北：臺灣明倫書局，1974 年 4 月。

45. 郭預衡主編：《中國古代文學史長編》，上海：上海古籍出版社，2007 年 4 月。

46. 郭預衡主編：《中國古代文學史簡編》，上海：上海古籍出版社，2003 年 12 月。

47. 郭預衡主編：《中國散文史》，上海：上海古籍出版社，1986 年 5 月。

48. 陳平原：《中國散文小說史》，上海：上海人民出版社，2004 年 9 月。

49. 陳必祥：《古代散文文體概論》，台北：文史哲出版社，1997 年 10 月初版三刷。

50. 陳玉剛：《中國古代散文史》，北京：人民日報出版社，1998 年 8 月。

51. 陳茂同：《中國歷代職官沿革史》，天津：百花文藝出版社，2005 年 1 月。

52. 陳飛主編：《中國古代散文研究》，福州：福建人民出版社，2005 年 6 月。

53. 陳振：《宋代社會政治論稿》，上海：上海人民出版社，2007 年 11 月。

54. 陳雲君《中國書法史論》，北京：人民日報出版社，1987 年 11 月。

55. 陶東風：《文體演變及其文化意味》，昆明：雲南人民出版社，1994 年 5 月。

56. 陶秋英編選、虞行校訂：《宋金元文論選》，北京：人民文學出版社，1999 年 1 月。

57. 陶爾夫、劉敬圻：《南宋詞史》，哈爾濱：黑龍江人民出版社，1992 年 12 月。

58. 傅抱石：《中國的人物畫和山水畫附題款研究》，台北：華正書局，1987 年 4 月。

59. 傅璇琮：《唐宋文史論叢及其他》，鄭州：大象出版社，2004 年 10 月。

60. 曾棗莊：《宋代文學與宋代文化》，上海：上海人民出版社，2006 年 5 月。

61. 程千帆主編：〈宋文學部四・劉克莊〉，《中華大典・文學典・宋遼金元分典》，南京：鳳凰出版社，2007 年 4 月，頁 602～623。

62. 童慶炳：《文體與文體的創造》，昆明：雲南人民出版社，1994 年 5 月。

63. 閔澤平：《南宋理學家散文研究》，濟南：齊魯書舍，2006 年 12 月。

64. 馮振凱：《歷代碑帖鑑賞》，台北：藝術圖書，1996 年 4 月。

65. 馮振凱《中國書法史》，台北：藝術圖書公司，1983 年 7 月。

66. 馮書耕、金仞千編著：《古文通論》，台北：中華叢書編審委員會，1967 年 6 月。

67. 黃侃：《文心雕龍札記》，北京：中華書局，2006 年 5 月。

68. 黃賓虹等編著：《中國書畫論集》，台北：華正書局，1986 年 4 月。

69. 黃寬重：《南宋地方武力：地方軍與民間自衛武力的探討》，台北：東大出版社，2002 年 3 月。

70. 黃寬重：《南宋時代抗金的義軍》，台北：聯經出版事業公司，1988 年 10 月。

71. 黃韻靜：《南宋出版家陳起研究》，台北縣：花木蘭文化出版社，2006 年 3 月。

72. 楊慶存：《宋代文學論稿》，上海：復旦大學出版社，2007 年 3 月。

73. 葉慶炳：《中國文學史》，台北：臺灣學生書局，1997 年 6 月六刷。

74. 鄔太華：《文體隙視》，彰化：合洽出版社，1967 年 2 月。

75. 熊秉明：《中國書法理論體系》，台北：雄獅圖書，2000 年 1 月。

76. 熊禮匯：《中國古代散文藝術史論》，武漢：湖北人民出版社，2005 年 6 月。

77. 福建省地方志編纂委員會編：《福建省志・人物志・劉克莊》，北京：中國社會科學出版社，2003 年 10 月，頁 120～122。

78. 褚斌杰：《中國古代文體學》，台北：臺灣學生書局，1991 年 4 月。

79. 趙曉嵐：《姜夔與南宋文化》，北京：學苑出版社，2001 年 5 月。

80. 劉大杰：《中國文學發展史》，台北：華正書局有限公司，2001 年 8 月。

81. 劉子健：《兩宋史研究彙編》，台北：聯經出版事業股份有限公司，2005 年 10 月初版第四刷。

82. 劉世生、朱瑞青編著：《文體學概論》，北京：北京大學出版社，2006 年 12 月。

83. 劉明華：《叢生的文體——唐宋文學五大文體的繁榮》，南京：江蘇教育出版社，2000 年 8 月。

84. 劉若愚著、杜國清譯：《中國文學理論》，台北：聯經出版事業公司，2001 年 5 月初版六刷。

85. 劉揚忠、王兆鵬、劉尊明主編：《宋代文學研究年鑑 2002～2003》，武漢：武漢出版社，2005 年 1 月。

86. 劉馨珺：《南宋荊湖南路的變亂之研究》，台北：台大出版社，1994 年 6 月。

87. 樓滬光、孫琇主編：《中國序跋鑑賞辭典》，石家莊：河北教育出版社，

2003 年 1 月。

88. 蔡崇名:《宋四家書法析論》,台北:華正書局,1992 年 10 月。

89. 蔡鎮楚:《中國文學批評史》,北京:中華書局,2006 年 7 月二刷。

90. 蔣孔陽、高若海編:《中國學術名著提要‧藝術卷》,上海:復旦大學,1996 年 11 月。

91. 蔣文光:《中國書法史》,台北:文津出版社,1993 年 7 月。

92. 蔣伯潛:《文體論纂要》,台北:正中書局,1942 年 6 月。

93. 燕永成:《南宋史學研究》,蘭州:甘肅人民出版社,2007 年 1 月。

94. 盧有光《王羲之〈蘭亭序〉書法入門》,台北:淑馨出版社,1991 年 3 月。

95. 賴慶芳:《南宋詠梅詞研究》,台北:臺灣學生書局,2003 年 8 月。

96. 錢倉水:《文體分類學》,南京:江蘇教育出版社,1992 年 7 月。

97. 錢穆:《中國文學論叢》,台北:東大圖書股份有限公司,2006 年 6 月二版一刷。

98. 錢穆:《中國學術思想史論叢(四)》,台北:東大圖書股份有限公司,1991 年 4 月三版。

99. 錢穆:《宋明理學概述》,台北:蘭臺出版社,2001 年 2 月。

100. 錢鐘書:《談藝錄》,台北:書林出版有限公司,1999 年 2 月第二刷。

101. 薛鳳昌:《文體論》,台北:臺灣商務印書館股份有限公司,1977 年 6 月臺二版。

102. 謝稚柳:《水墨畫》,台北:華正書局,1990 年 4 月。

103. 魏勵編:《中國文史簡表彙編》,北京:商務印書館,2007 年 6 月。

104. 譚其驤:《中國歷史地圖集(宋、元時期)》,北京:中國地圖出版社,1996 年 6 月三刷。

105. 譚家健:《中國古代散文史稿》,重慶:重慶出版社,2006 年 1 月。

106. 顧蓋丞:《文體指南》,台北:啟明書局,1958 年 12 月。

107. 〔日〕兒島獻吉郎著;孫俍工譯:《中國文學通論》,台北:臺灣商務印書館,2004 年 5 月臺一版第二刷。

108. 〔日〕兒島獻吉郎著;隋樹森譯:《中國文學》,上海:世界書局,1932 年 12 月三版。

109. 〔日〕遍照金剛撰、盧盛江校考:《文鏡秘府論彙校彙考》,北京:中華書局,2006 年 4 月。

110. 〔日〕廚川白村撰、金溟若譯:《出了象牙之塔》,台北:志文出版社,1984 年 5 月再版。

111. 〔法〕Gernet, Jacques（謝和耐）撰，馬德程譯：《南宋社會生活史》，台北：中國文化大學出版部，1982 年 3 月。

112. 〔美〕韋勒克、華倫著；王夢鷗、許國衡譯：《文學論——文學研究方法論》，台北：志文出版社，1996 年 11 月再版。

三、劉克莊專家研究論著

1. 王明見：《劉克莊與中國詩學》，成都：巴蜀書社，2004 年 2 月。

2. 王錫九：《劉克莊詩學研究》，合肥：黃山書社，2007 年 9 月。

3. 王宇：《劉克莊與南宋學術》，北京：中華書局，2007 年 10 月。

4. 王述堯：《劉克莊與南宋後期文學研究》，上海：東方出版中心，2008 年 2 月。

5. 向以鮮：《超越江湖的詩人——後村研究》，成都：巴蜀書社，1995 年 11 月。

6. 程章燦：《劉克莊年譜》，貴陽：貴州人民出版社，1993 年 2 月。

7. 景紅錄：《劉克莊詩學研究》，上海：上海古籍出版社，2007 年 12 月。

四、學位論文

〔以劉克莊為研究主題〕

1. 王明建：《劉克莊詩學研究》，保定：河北大學中文系博士論文，2003 年 5 月。

2. 王述堯：《劉克莊研究》，上海：復旦大學中國語言文學系博士論文，2004 年 4 月。

3. 李若純：《劉後村文學批評研究》，台北：東吳大學中國文學研究所碩士論文，1981 年 5 月。

4. 咸賢子：《劉後村年譜及其詞研究》，台北：國立政治大學中國文學研究所碩士論文，1983 年 6 月。

5. 陳偉光：《後村別調之修辭研究》，九龍：新亞研究所碩士論文，1993 年。

6. 彭娟：《劉克莊唐宋詩學史觀研究》，廣州：暨南大學中國語文學系碩士論文，2006 年 5 月。

7. 楊淳雅：《劉克莊詩學研究》，台北：國立政治大學中國文學研究所碩士論文，1998 年 6 月 25 日。

8. 盧雅惠：《劉克莊詞研究》，台北：私立東吳大學中國文學研究所碩士論文，2006 年 1 月。

9. 閻君祿：《後村詩論和詩歌創作研究》，成都：四川大學文學與新聞學院

碩士論文，2003 年 3 月。

〔其他參考學位論文〕

1. 古欣芸：《吳潛與南宋理宗朝政治》，台北：東吳大學歷史研究所碩士論文，2004 年 6 月。
2. 李明生：《宋代美學思想史論》，上海：復旦大學博士學位論文，1998 年 4 月。
3. 李振明：《南宋禪畫研究》，台北：國立臺灣師範大學美術研究所碩士論文，1988 年 6 月。
4. 姚政志：《南宋福州民間信仰的發展》，台北：國立政治大學歷史學系研究所碩士論文，2005 年 10 月。
5. 柳美景：《南宋以前中國繪畫線條之研究》，台北：中國文化大學藝術研究所碩士論文，1988 年 6 月。
6. 張春媚：《南宋江湖文人研究》，武漢：武漢大學博士學位論文，2005 年 11 月。
7. 張春曉：《亂世華衣下的唱游──宋季士風與文學》，上海：復旦大學碩士學位論文，2002 年 5 月。
8. 甯慧如：《南宋儒者的入仕與教學──特別關注道學家的雙重實踐》，嘉義：國立中正大學歷史研究所博士論文，2005 年 6 月。
9. 劉儒鴻：《宋人對文道關係的論辯》，台北：國立政治大學中國文學系碩士論文，2005 年 7 月。
10. 鄭雅薇：《南宋江湖詩派之研究》，台北：國立政治大學中國文學研究所博士論文，1981 年 5 月。

五、單篇論文

〔以劉克莊為研究主題〕

1. 方寶璋：〈空巷無人一國狂──從劉克莊詩詞看南宋莆田雜劇百戲〉，《文史知識》總第 225 期（2000 年 3 月），頁 98～100。
2. 王明建：〈文化的多元與詩歌的式微──從劉克莊的觀點看古代詩歌的衰微之因〉，《西南師範大學學報》第 30 卷第 4 期（2004 年 7 月），頁 166～170。
3. 王明建：〈從老莊到劉克莊「自然」美學觀的發展之路〉，《文學評論》2007 年第 2 期（2007 年），頁 167～171。
4. 王明建：〈劉克莊的詩人人品論〉，《荊州師範學院學報》2003 年第 6 期（2003 年），頁 21～24。

5. 王明建：〈劉克莊美政「記」體文及其文學史意義〉，《文學遺產》2007年第 2 期（2007 年），頁 124～126。

6. 王述堯：〈後村詠史詩略論〉，《河北大學學報》第 29 卷第 2 期，總 116期（2004 年 3 月），頁 96～99。

7. 王述堯：〈從幾種選本中看劉克莊詩歌的接受〉，《社會科學家》總第 104期（2003 年 11 月），頁 13～16。

8. 王述堯：〈略談劉克莊詠懷詩中的詩論〉，《江西科技師範學院學報》2006年第 2 期（2006 年 4 月），頁 76～80。

9. 王述堯：〈試論後村的寫景詩〉，《社會科學家》第 2 期，總第 106 期（2004年 3 月），頁 28～32。

10. 王述堯：〈劉克莊前期詞《後村詩餘》研究〉，《東岳論叢》第 27 卷第 3期（2006 年 5 月），頁 132～135。

11. 王述堯：〈劉克莊研究綜述〉，《古典文學知識》總 115 期（2004 年 4 月），頁 70～79。

12. 王述堯：〈劉後村題畫詩論略〉，《鹽城師範學院學報》第 24 卷第 2 期（2004年 5 月），頁 55～58。

13. 王述堯：〈歷史的天空——略論賈似道及其與劉克莊的關係〉，《蘭州學刊2004 年》第 3 期，總第 138 期（2004 年），頁 235～240。

14. 王達津：〈劉克莊的詩論〉，《古代文學理論研究》第 10 輯（1985 年 6 月），頁 129～140。

15. 王錫九：〈劉克莊的「鍛鍊」說〉，《江蘇教育學院學報》第 23 卷第 2 期（2007 年 3 月），頁 68～73。

16. 王耀華：〈從劉克莊詩作看宋代福建的戲曲〉，《戲曲研究》第 10 輯（1983年 9 月），頁 182～189。

17. 牟驚瑋：〈劉克莊詩論精神之管窺〉，《欽州師範高等專科學校學報》第17 卷第 2 期（2002 年 6 月），頁 25～28。

18. 李國庭：〈辛派詞人劉克莊〉，《文史知識》第 37 期（1984 年 7 月 13 日），頁 88～92。

19. 李國庭：〈劉克莊生平及著作述概〉，《福建圖書館學刊》第 34 期（1988年），頁 43～45。

20. 李國庭：〈劉克莊年譜簡編（續）〉，《福建圖書館學刊》第 42 期（1990年），頁 61～70。

21. 李國庭：〈劉克莊年譜簡編〉，《福建圖書館學刊》第 41 期（1990 年），頁 51～59+46。

22. 明見：〈劉克莊「詩外功夫」論的理論蘊含〉，《三峽大學學報》第 25 卷第 6 期（2003 年 11 月），頁 37～40。

23. 明見：〈劉克莊「詩外功夫」論的詩學地位〉，《三峽大學學報》第 26 卷第 3 期（2004 年 5 月），頁 39～42。

24. 明見：〈劉克莊的詩教觀與中國儒家詩教的演化〉，《甘肅社會科學》2003 年第 2 期（2003 年），頁 22～25。

25. 明見：〈劉克莊愛國辛派詞人辨〉，《中國文學研究》第 36 期（1995 年），頁 44～55。

26. 明見：〈劉克莊與宋代詩歌風格學〉，《西南師範大學學報》第 29 卷第 2 期（2003 年 3 月），頁 155～160。

27. 明見：〈論劉克莊的「唐體」觀〉，《山西師大學報》第 31 卷第 2 期（2004 年 4 月），頁 88～93。

28. 明見：〈論劉克莊的詩人層次論〉，《三峽大學學報》第 25 卷第 1 期（2003 年 1 月），頁 47～53。

29. 明見：〈論劉克莊的詩歌師法觀〉，《河北大學學報》第 27 卷第 3 期，總 109 期（2002 年 9 月），頁 71～74。

30. 明見：〈論劉克莊的詩歌創新觀及其詩學地位〉，《殷都學刊》2003 年第 2 期（2003 年），頁 71～75/112。

31. 明見：〈論劉克莊關於作官與作詩的矛盾價值觀〉，《三峽大學學報》第 24 卷第 1 期（2002 年 1 月），頁 39～41。

32. 林志達：〈劉後村家世考〉，《中華技術學院學報》總第 21 期（2000 年 9 月），頁 125～144。

33. 侯體健：〈劉克莊六言詩初探〉，《中國詩學》第 11 輯（2006 年 10 月），頁 151～167。

34. 侯體健：〈劉克莊的梅花詩與梅花詞〉，《新國學》第 6 卷（2006 年 11 月），頁 244～259。

35. 侯體健：〈國色老顏不相稱，今后村非昔后村——百年來劉克莊研究的得與失〉，《長江學術》2008 年第 4 期（2008），頁。

36. 孫克寬：〈晚宋政爭中之劉後村（上）——劉後村與晚宋政治之一〉，《大陸雜誌社》第 23 卷第 7 期（1961 年 10 月 15 日），頁 4～10。

37. 孫克寬：〈晚宋政爭中之劉後村（下）——劉後村與晚宋政治之一〉，《大陸雜誌社》第 23 卷第 8 期（1961 年 10 月 31 日），頁 17～22。

38. 孫克寬：〈晚宋詩人劉克莊補傳初稿（上）〉，《東海學報》第 3 卷第 1 期（1961 年 6 月），頁 73～88。

39. 孫克寬：〈劉後村的家世與交遊（上）——劉後村與晚宋政治之一〉，《大陸雜誌社》第 22 卷第 11 期（1961 年 6 月 15 日），頁 1～5。

40. 孫克寬：〈劉後村的家世與交遊（下）——劉後村與晚宋政治之一〉，《大陸雜誌社》第 22 卷第 12 期（1961 年 6 月 30 日），頁 17～23。

41. 孫克寬：〈劉後村詩學評述〉，《東海學報》第七卷第一期（缺出版日期），頁 27～40。

42. 孫克寬：〈劉後村與四靈、江湖〉，《中國詩季刊》第 10 卷第 3 期（1979 年 9 月），頁 102～107。

43. 張宏生：〈江湖詩派的領袖──劉克莊〉，《古典文學知識》1992 年第 5 期，總第 44 期（1992 年），頁 90～97。

44. 張宏生：〈融通與超越──論劉克莊詩〉，《漳州師院學報》1994 年第 1 期（1994 年），頁 16～21。

45. 張忠綱：〈憂國懷衷腸，報國抒壯志──讀劉克莊〈賀新郎·國脈微如縷〉詞〉，《文史知識》第 125 期（1991 年 11 月 13 日），頁 30～33。

46. 張瑞君：〈劉克莊與陸游楊萬里詩歌的繼承關係〉，《河北大學學報》1995 年第 4 期（1995 年），頁 51～56。

47. 陳文珍：〈劉克莊豪放詞及與莆田傳統文化之關係〉，《三明高等專科學校學報》第十九卷第三期（2002 年 9 月），頁 5～9。

48. 陳先汀：〈芻議劉克莊詞學思想〉，《東南學術》2007 年第 6 期（2007 年），頁 161～165。

49. 陳先汀：〈試論《後村詞》的特色──兼談劉克莊對豪放詞的發展〉，《福州師專學報》第十八卷第三期（1998 年 9 月），頁 38～45。

50. 陳先汀：〈劉克莊文學思想管窺〉，（缺期刊名及出版資訊），頁 64～65。

51. 陳慶元：〈劉克莊和閩籍江湖詩人〉，《福州師專學報》第 15 卷第 2 期（1995 年 6 月），頁 25～30。

52. 黃啓方：〈劉克莊的詩論〉，《幼獅學誌》第 10 卷第 3 期（1972 年 9 月 30 日），頁 1～24。

53. 黃寶華：〈宋詩學的反思與整合──劉克莊詩學思想述評〉，《上海師範大學學報》第 32 卷第 4 期（2003 年 7 月），頁 61～66。

54. 劉鋒燾：〈後村詞的基本特色及其在南宋詞壇的地位〉，《陝西師範大學學報》第 25 卷第 4 期（1996 年 12 月），頁 86～90。

55. 盧雅惠：〈劉克莊仕宦時期詞作探析〉，《有鳳初鳴年刊》創刊號（2005 年 9 月），頁 59～94。

56. 閻君祿：〈後村研究述評〉，《宜賓學院學報》2003 年第 1 期（2003 年 1 月），頁 53～55+83。

57. 謝重光：〈宋代畬族史的幾個關鍵問題──劉克莊〈漳州諭畬〉新解〉，《福建師範大學學報》2006 年第 4 期，總第 139 期（2006 年），頁 9～13。

58. 鍾振振：〈說劉克莊〈賀新郎〉「老眼平生空四海」〉，《文史知識》第 245 期（2001 年 11 月），頁 76～77。

59. 嚴國榮：〈劉克莊「本色」詩論〉，《陝西師範大學學報》第 33 卷第 3 期（2004 年 5 月），頁 72～74。

〔**其他參考單篇論文**〕

1. 王運熙：〈中國古代散文鳥瞰〉，《古典文學知識》總第 62 期（1995 年 9 月），頁 3～14。

2. 王運熙：〈我與中國古代文論研究〉，《古典文學知識》總第 52 期（1994 年 1 月），頁 5～14。

3. 王德毅：〈鄭清之與南宋後期的政爭〉，《大陸雜誌》101 卷第 6 期（2000 年 12 月），頁 1～15。

4. 何碧琪：〈國立故宮博物院藏〈淳化祖帖〉研究〉收錄於《故宮學術季刊》第 21 卷第 4 期（2004 年夏），頁 57～110+214。

5. 李喬：〈談序跋〉，《文史知識》1995 年第 12 期（1995 年 12 月），頁 68～72。

6. 段學儉：〈江湖詩人與南宋後期詩論〉，《孔孟月刊》總第 447 期（1999 年 11 月），頁 31～40。

7. 曹之：〈古書序跋之研究〉，《圖書與情報》1996 年第 2 期（1996 年 6 月），頁 27～30。

8. 葉崗：〈文體意識與文學史體例〉，《中國文哲研究集刊》第十七期（2000 年 9 月），頁 217～236。

9. 鄭瑤錫：〈禊帖源流〉收錄在《故宮文物月刊》25 期（1985 年 4 月），頁 133～137。

10. 顏崑陽：〈論「文類體裁」的「藝術性向」與「社會性向」及其「雙向成體」的關係〉，《清華學報》新 35 卷第 2 期（2005 年 12 月），頁 295～330。

11. 顏崑陽：〈論「文體」與「文類」的涵義及其關係〉，《清華中文學報》第一期（2007 年 9 月），頁 1～67。

12. 〔日〕寺地遵撰，黃秀敏譯：〈黃寬重南宋史研究述詳〉，《漢學研究通訊》總 89 期（2004 年 2 月），頁 13～18。